中公文庫

いい女、ふだんブッ散らかしており

阿川佐和子

中央公論新社

いい女、ふだんブッ散らかしており　目次

いい女、ふだんブッ散らかしており

さようならのあとに

記念すべき『婦人公論』百周年号のお祝い気分に水を差すようでなんですが、昨夏、私の父が九十四歳にして亡くなった。と、ここで父について回想するつもりはない。一家の主が死ぬと、残された家族にいかなる責務が課されるか。悲しみに浸っている時間などほとんど与えられず、次から次へ、まるでファイティングゲームに挑戦しているかのごとき緊張と難問が襲いかかってくるのである、ということを書こうかと思う。

そんなこと、アンタに説明されなくてもとうに経験しているよ。そういう読者のほうが多いだろう。おそらくウチの家族がその手の問題に疎すぎるのだ。実際、阿川家で葬儀を取り仕切るのは、父より十九歳上の兄、私にとって伯父にあたる阿川幸寿が半世紀近く前に突然、心筋梗塞で亡くなって以来である。その後、他家へ嫁に出た伯母や、母方の祖父母の葬儀には立ち会ったが、悲しみはあったものの実務については伯父のとき同様、まだ子供だった我々きょうだいは関与しなかった。

つまり、我が父が亡くなるまで、私をはじめ、きょうだいも、自らの家族の死亡関連業務にほとんど無縁だったようなものである。

「本当に死んじゃったんだ……」

病院のベッドで仰向けになった父の手が、次第に冷たくなっていくのを実感しながら、それでも大声をかけたらもう一度、息を吹き返さないかしらとか、前日、見舞ったときに本の増刷印税の報告をしておけばよかったかしらとか、どうでもいいことが頭をよぎり、さして涙も流すことなく、しばらく呆然としていた気がする。まもなく、

「死亡診断書をお渡ししますので」

看取ってくださったお医者様からそう告げられ、ああ、人は死ぬとこういう記録を残すのかと思ったぐらいで、そのシートが具体的にどこで必要なのか、その時点では理解していなかった。

先の展望としてまず頭に浮かんだことは、

「葬儀はどうする？」

父は私たち子供が幼い頃からしつこいほどに言っていた。

「いいか、俺が死んでも通夜、葬式はするな。香典、花もいっさい受け取るな。お別れ会なんて、はた迷惑なことも決してするな！」

口酸っぱく繰り返していた父の言葉が蘇る。しかし現実に直面してみれば、まったく何もしないわけにはいかない。加えて、マスコミにはどう通知するか。山奥の仙人じゃあるまいし、隠し通すのは不可能だ。そこで、危篤の知らせを聞いて急遽戻ってきた海外在住の弟二人を含め、きょうだい四人で話し合った末、

「とりあえず身内だけの葬儀をやろう」

実のところ、父の連れ合いである母は、八十七歳という高齢にしては元気だが、ここ数年、物忘れが多くなり、こまごました事務処理を判断実行する能力には乏しい。必然、四人の子供がすべてを取り仕切らなければならなくなった。が、前述したとおり、とっくに社会人となっている四人それぞれが、こよなく世間的常識に欠けている。幸い、父自身が建てた墓が用意されていたので、そのお寺のご住職に「父の葬儀をお願いできますか？」

電話で問い合わせたところ、

「お通夜はどうなさいますか？」

「あ、やりません。簡単な葬儀だけ」

「戒名は？」

「要りません」

「つけない？　では、葬儀はいつに？」

「できるだけ早いほうがいいので、明日は？」

するとで横で聞いていた葬儀屋さんが、

「明日は友引です。火葬場はお休みです」

「なんで？」

「友引に葬儀をすると友を呼ぶからです」

「へぇ〜、そうなんだ」

きょうだい一同、初耳の顔。

「でも、お通夜はしなくても、寝ずの番ってのはしたほうが父さん、喜ぶんじゃないの？　映画なんかでよく見るじゃない」

「そうだね、やろうやろう」

こうして日取りを決めて、ドライアイスのつまった父の棺桶を病院からお寺へ移し、

お寺で一夜を過ごす心づもりで赴くと、

「今どき、寝ずの番はしない方が多いですよ。火の始末の問題もありますし」

またもや、「あ、そうなんだ」。すっかりお寺に泊まるつもりだった我々は、スーツケースをゴロゴロ引いて、近くのホテルへ移動する。

さてその前に、というのも、父の死んだ翌朝に葬儀屋さんから、

「死亡診断書はコピーをしておいてください」

「は？　何に使うんですか？」

「死亡診断書がないと火葬許可証が出ません」

「火葬許可証？」

「まず死亡診断書を役所に提出し、死亡届をします。それと引き換えに火葬許可証を発行してもらいます。火葬許可証がないと荼毘に付してもらうことはできません。その後、税金や相続関連のときにも死亡診断書は必要となるのでコピーしておかないと」

慌てて役所へ飛んでいく。同時に近親者や親戚の一人一人に電話して、父が亡くなった報告とその経緯を手短かつしんみり話さなければならない。あと誰と誰に電話す

るの？　あちらには電話した？　その間にも、

「どうやらマスコミに知られたらしい」

「どこから漏れたの？」

「わからない」

「一応、マスコミ宛に家族から文書で報告をしたほうがいいですよ」と近しい編集者氏。

「誰が？」

「ま、サワコさんですかね」

そんな原稿を書いている合間にも、

「ウチにお花が届いたよ」

「お花はお断りしなきゃ」

「でも、届いちゃったのを送り返すわけにもいかないでしょうが」

「お香典はどうする？」

「受け取っちゃったの？　父さんにあれだけ言われてたのに」

「だってさあ」

「まずいでしょう。父さん、化けて出るかも」

てんやわんやしているうち、ようやく小さな葬儀をなんとか無事に済ませるにいたる。しかし、そこで一息ついてはいられない。難関は、まだ延々と続くのである。

父の葬儀をひっそり済ませ、お骨を抱えて母や兄弟一家ともども父の家に戻って、突然、思い出した。

「埋葬許可証、どうした？　もらってきた？」

「知らないよ、俺」

「それ、誰にもらうんだっけ？」

病院で死亡診断書を書いてもらい、それを役所に提出し、かわりに火葬許可証を受け取る。火葬許可証を火葬場に提出し、そこで初めて荼毘に付していただける段となる。が、お骨と化した暁には、当然のことながら墓に納めなければならない。その納骨の際に、今度は埋葬許可証が必要となるらしい。人間の骨を勝手に土に返すことはできないのである。

「埋葬許可証は火葬許可証と引き換えに火葬場で出してもらいます」

葬儀屋さんからたしかにそう教えられた。はいはい、わかりました。と、メモまで取ったのに、葬儀とその直後の、本来は初七日にするべき精進落としの宴席の準備や挨拶や段取りにアワワアワワとするうちに、すっかり頭から抜けていた。

「どうしよう！　忘れてきた！」

オタオタしていると、弟が一言。

「なんか、納骨壺の横につけておきますって、火葬場の人に言われたような……」

「え？」

「失くす確率が高いから、骨壺の横にくっつけておくのが通例らしいよ」

まことにもって家族の葬祭問題は身体によろしくない。父が亡くなったことだけで動揺しているというのに、そこへ次々と、「あれ、決めた？」「どこへしまった？」「あそこに連絡した？」「失くした？」「どうする？」「やる？」「やらない？」の繰り返しである。

だいぶ昔、司馬遼太郎夫人宅に伺った折、「もうね、主人が亡くなった途端に銀行の口座が凍結されちゃうんです。どうにも動けなくなるんですよ。本当に大変！」とおっしゃった夫人の言葉が忘れられない。一家の主が亡くなるとそんな恐ろしいことが起きるのか。しかし我が家においてはまだずっと先、ずうっと先の話だと楽観していたが、今、まさしく現実となった。

「父さんのお金、使えなくなる」

「銀行がフリーズする前に、少しだけでも下ろしておかなきゃ。なにかと物入りだぞ」

「まだ下ろせるの？」

「わかんない。カードはどこ？　通帳ある？」

「どこだろう」

「箪笥かな、それとも父さんの財布？」

「ハンコは？　暗証番号は？」

「知らないよ。母さんに聞いた？」

「覚えてないって」

にわかに時間との闘いが始まる。頭の中で、『スパイ大作戦』のテーマ音楽が流れ出した。そして何とかカードを探り当て、ＡＴＭで限度額の五十万円を下ろすことができた。

まあ、とりあえずの用立ては、家族が立て替えておけばなんとかなるが、父の口座が使えなくなると面倒なのは、その後の各種振り込み関係である。公共料金、カード支払い、ささやかなれど入金など、すべてにおいて振込先変更の手続きをしなければならなくなる。そんなことに気を取られているうち、続いて四十九日問題が迫ってきた。

四十九日の法要自体は葬儀以上にごく簡単に執り行ったため、さほどの面倒はなかったが、その日を過ぎたら早急に、お香典返しの手配を始めなければならなくなる。

再三書いたとおり、そもそも父は通夜葬儀厳禁、香典供花のたぐいはいっさい辞退、お別れ会なんて他人迷惑なことをしてはならぬの主義であり、生前より口酸っぱく家族に言い含めてきた。とはいえ、世間はそれを簡単に許してはくださらない。お花は次々に届くし、お香典は差し出されるし、立派なお線香は送られてくる。それらをすべて突き返すわけにもいかず、しぶしぶながらも受け取った以上は、お礼をするのが世の礼儀であろう。

「一括、タオルセットってのはどうかしら」

軽い気持で提案すると、

「でも、いただいたお香典の額に違いがありますから。半返しか三分の一返しが常識です」

我が秘書アヤヤに諭されて、

「あ、そうですね」

さて同時に、お香典返しに添える、あるいは弔電やお悔やみのお言葉を寄せてくださった方々へのお礼として、挨拶状を発送しなければならない。そのためにはまず、母宛、私宛、兄弟宛に分散して届いたお心遣いを総合し、リストを作る作業に入る。弔電の中には住所の記載のないものもあり、捜索しなければならない。とりあえず父の家に埋没していた埃だらけの古い年賀状を繰ったり、あちこちに電話して問い合わせたりと、まるで探偵になった気分。このリスト作りに思いの外、時間を取られた。ようやく作り上げたリストの数に合わせて印刷屋さんに発注すると、

「出来上がるまでに一週間はかかります」

「そんなにかかるんだ」

すでに父が亡くなって二ヵ月近くが経とうとしていた。

「お宅、どう？」

ウチの父と、ごく近い日に父上を亡くされた仕事仲間に進捗状況を聞いてみると、

「あ、ウチはもうお香典返し、済ませました。こういうことは早くしなきゃ失礼だって母がパパッとやっちゃった」

ううう。阿川家は失礼を重ね過ぎている。こつこつと宛名書きをしているつもりだったが、月日は冷酷に過ぎていき、気づけば新年。こんなことなら、挨拶状の最後に「十月」なんて印刷しなければよかった。

神様と友達

　はるか昔、友達のK子から分厚い手紙が送られてきた。K子はその頃に洗礼を受け、クリスチャンになった。そしてその手紙には、神様への思いが連綿と綴られていた。遊ぶときはおおいに遊び、お酒もよくたしなみ、バカ話をして人を笑わせることが得意なK子が、その手紙においては珍しく、クスッと噴き出す余地すらないほど真摯な様子だった。

　十枚近くにわたる手紙の内容は主に、神様との出会いについてであった。なぜそんなことを私に書いてよこしたのか。私自身はクリスチャンでなく、宗教に関心が高かったわけでもない。実のところ少々戸惑った。いったいどう解釈すればいいのだろう。K子の敬虔（けいけん）な神様への思いを批判する気持はさらさらないが、いかんせん理解に苦しむ。私は何度もその手紙を読み返した。そのうちに、ふと、気づいたのである。「神様」という文字を「友達」に置き換えてみてはどうだろう。

（神様とは思いもよらないとき、ふとした拍子に出会うことがある。それまで長い間、神様のそばにいたつもりだったのに、あるとき、ひょこっと神様が心の中にたしかに現れて、出会ったことを実感する。そして私はとても安心するのである）

遠い昔の手紙なので、もはやK子の本意とは少々ずれているかもしれないが、だいたいそんな内容だったと記憶する。無信心な私が彼女の気持に同調することは難しい。しかし、神様を友達に置き換えて考えてみると、たちまちわかりやすくなった。

（一度、神様に出会ったからといって、その出会いが永遠に続くとはかぎらない。出会ったときと同様に、ふとした瞬間、神様が遠くへいってしまわれることもある。それが神様との関係であり、そんな出会いと別れを繰り返しながら、私たちは生き続けるのだと思う）

私は幼い頃から人目を気にする癖があり、自分でもその性格が嫌いだった。ならば目立たないよう大人しくしていればいいものを、オドオドした性格と同時に、調子に乗りやすい面も兼ね備えていた。友達と遊んで楽しくて、我ながらつい図に乗り過ぎたかと反省したあと、数人がヒソヒソ声で話しているところを見つけると、悪口を言われているのではないかとすぐに疑いを持つ。親や先生の目を盗んで小さな悪さをしたい気持はあるけれど、どこか心の片隅で、いい子でいようとする小心な意識が働く。

こうした私の胸の内を、友達というのは実に敏感に捉える。

「そんなにビクビクするなら、やめれば」

「どうしていつもオドオドしてるの？」

鋭く指摘されるたび、私は自分の性格を呪ったものだ。

なぜ、堂々としていられないんだ。こういう性格だから、友達に好かれないのではないか。

実際、友達がいないわけではなかった。ときどき自分の弱点がすっかり消え去って、一転サバサバしたオンナに生まれ変わったかと思うほど、たくさんの友達とうまく付き合うこともできた。が、ちょっとしたことで人間関係にギクシャクが生じると、私のイヤな面が表に出たにちがいないと、いたたまれない気持になった。

高校時代、仲の良いグループがあった。お弁当を食べるときはいつも集まって、試験前には協力し合い、週末は私服姿で横浜の元町や青山に買い物へ繰り出した。それほど頻繁に会っている仲良しグループの一員なのに、すこぶる仲が良いかと問われたら、どうかなと首を傾げたくなる友もなかに一人二人いた。そのうちの一人、M子はことのほか、私より大人に見えた。センスがよく、だいたいにおいて穏やかで、人の悩みを聞くのが上手だった。しかもどうやらすでにボーイフレンドまでいるらしい。優しくて男の子にもてて、いつも冷静なM子は、近づきたくても近づきがたい畏敬の対象に等しかった。

そんな憧れのM子と、あるときなぜか二人だけでアルバイトをすることになった。多少、気後れしながらも、私はM子と一日中、汗を流し、走り回り、雇い主に叱られながら夢中になって働いたら、いつのまにか臆する気持が薄らいでいた。夕方、それぞれの家路につくための別れ道にて、「疲れたねえ、またね」と手を振り合ったとき、M子が私に投げかけてくれた笑顔を見て、私は突然、ひらめいた。

「なんか、M子と出会ったぞ!」

そのときの嬉しかった気持は今でも忘れられない。

(一度、出会ったからといって、永遠に続くとはかぎらない)

アルバイトをした日以来、M子との距離が急激に縮んだわけではなかった。以前と同じペースと距離で会って喋って、その後、高校を卒業すると進路を異にして、今では一年に一度会うか会わないか程度の仲である。でも、かつて一回だけとはいえ「出会ったぞ!」と思った瞬間の感覚は、今でも心の奥に残っている。

M子のようなケースだけではない。出会ったと信じて親しくなったつもりで、その後すっかり縁が切れてしまった友もいる。あるいは大人になるにつれ、最初から一定の距離や期間の見切りをつけて付き合う人間関係もある。でもたまに、ごくたまにではあるけれど、性別に関わりなく、「なんかこの人と今、出会ったぞ」と感じる瞬間がある。それはなかなか捨てがたい、いい気分のものである。たぶん、あの喜びをまた味わいたくて、いくつになっても懲りることなく、人と会いたくなるのかもしれない。

居残りメロディ

新しい年になってだいぶ経つというのに、私の頭の中が困ったことになっている。というのも、メロディが抜けないのである。とっくに終わったにもかかわらず、ふとした拍子に浮かんでくるのは、一曲のクリスマスソングなのだ。

その曲を初めて聴いたのは、一昨年のクリスマスの頃だった。友達から、「ほら」と携帯画面を差し出され、そこに映る動画には、ややぷっくり顔の、決して都会的イケメンというわけではないけれど、たいそう聴き心地のよい声でみごとなハーモニーを醸し出している男三人の姿があった。その名は「ラスカル・フラッツ」、曲名は「I'll be home for Christmas」である。

ニューヨークのホテルのロビーに集まった三人が、スーツケースを傍らに置き、ソファに座って旅立つ前のひとときを過ごしている。一人が、「バスの時間、何時？」

「十分後だ」

「ほら、このあいだ練習した歌だけどさ」

「ああ、I'll be home for Christmas のこと？」

「そうそう。どう？　ここで歌ってみない？」

「いいね」

「いい歌だからね。やってみようか」

と、そんな雰囲気の中、三人がアカペラで歌い出すと、まあ、なんてステキな歌だこと！　美しい歌声のバックには、摩天楼の夜景や、イルミネーションに輝く街角の喧騒、ホテルの一室で荷造りをする男性や、クリスマスツリーを飾る幸せそうな女性の映像が挟まれている。都会で闘ってきた若者たちがしばし羽を休め、まもなく再会できるであろう懐かしい故郷に思いを馳せつつ、切なく歌う。こういうストーリー仕立てに私は弱い。すっかり魅了され、繰り返し、その動画を見た。

そして去年のクリスマスが近づいた頃、思い出したのだ。そうだ、あの歌を聴こう！　保存しておいたユーチューブの映像を取り出して、前年よりさらにじっくり聴いてみた。ただ聴くだけでなく、歌詞の内容を理解しようと試みる。ついでに、この三部合唱の音程を分解し、できれば誰か仲間と練習して、いずれどこかで披露できないかしらと秘かに企む。

いろいろ検索してみると、まずラスカル・フラッツの三人はナッシュビルで結成されたカントリー・ミュージック・バンドであることがわかった。さらにこの歌自体は、彼らの持ち歌ではなく、七十年ほど昔からたくさんの歌手によって歌い継がれてきたクリスマスソングの代表曲であり、言ってみれば「きよしこの夜」や「ホワイト・クリスマス」と同じくらいアメリカ人にとっては馴染み深い歌らしい。古くはビング・クロスビーに始まって、ペリー・コモ、フランク・シナトラ、バーブラ・ストライサンド、私にとって懐かしきカーペンターズも歌っているではないか。そして、歌詞の内容といえば、「クリスマスにはウチに帰るから、予定に入れておいてね」という出だしに始まって、楽しそうなクリスマス風景の描写が歌詞に組み込まれているのだが、最後には、「クリスマスはウチに帰るから。たとえそれが僕の夢の中だけだとしても……」。

そもそもは戦地にいてクリスマスに故郷へ帰れぬ兵士たちのために作られた歌だったことがわかる。そうか、そうだったのか……。

そんな調子でどんどん情報を集め、何度も聴き込んで、サブメロディの音階を探り、誰か友達に会うと、「ねえねえ、この歌、知ってる?」と半ば強制的に歌を聴かせて同意を求めているうち、私の頭に深く染みこんでしまったらしい。

抜けなくなった。

以前にも同じような経験をしたことがある。中学生のときだった。長期休みの前、終業式の日に、通常は名簿順に一人ずつ、先生の部屋に呼ばれて通知表を受け取ることになっているのだが、「いつも名簿順だと渡辺さんや渡部さんがずっと待たされる」という意見が出て、名簿の最後の人から順番に呼ばれることになった。つまり、アガワは五十人のうちの四十七番目あたりに降格したのである。一時間、二時間と教室で待つ間、退屈なので残された友達同士、お喋りをしたりゲームをしたり、そして歌を口ずさむ。そのときなぜか、当時テレビで流れていたチョコレートのCMソングが浮かんだ。

「♪アーモンド、〇〇のアーモンド♪」

単純なメロディを繰り返し口ずさんでいるうちに、癖になった。とうとう通知表を受け取る番になり、机を挟んだ先生の前に座ると、

「はい、アガワさんは英語をもう少し……」

「はい（♪アーモンド、○○のアーモンド♪）」

「あと、物理の成績については……」

「♪アーモンド♪（出てくるなって）」

「総合的に言うとですね」

「はあ（♪アーモンド♪）」

あのときはつくづく参った。自分でも頭が壊れたのではないかと心配になったほどだ。

そういう性癖が私にはあるのか。一度、メロディが染みこむと、なかなか抜けなくなる。原稿を書こうと心を静めて考えるとき、ゴルフの一打を打ったあと、フェアウェイを歩いているとき、シャワーを浴びて頭を洗いながら、はたまた台所で大根を切るときも、そして、さあ、寝ようと布団をかぶり、目をつむって暗闇に浸り始めると、どこからともなく浮かんでくる、あのメロディ、あの歌詞が。

もうクリスマスは終わったのだよ、いい加減に消えてくれ。そろそろ他の歌に移ろうではないか。理性がいくら叫んでも、頭のオルゴールは止まらない。いつまで続く、私のクリスマス。私は今、ハーメルンの笛吹き男に操られた子供の気分です。

闘う女たち

中学高校の六年間をともに過ごした女学校時代の友達九人が十数年ぶりに集まった。中には二十年近く会っていなかった友もいる。

「いやあ、久しぶりー、Kちゃーん」

集合した家に着くなり手を振って挨拶すると、どこか視線がずれる。変だなと思ったら、私が手を振った相手は、Kちゃんと仲良しのD子であり、本物のKちゃんはその隣でニコニコしていた。なんだか二人、似ている。昔はこんなに似ていなかったはずだ。かつてKちゃんは頰がプクプクとした丸顔だったし、かたやD子は、ボブヘアで顎の尖（とが）ったスリムな子だったという印象が強い。

「つまり、Kちゃんが痩せて、D子が太って、ついでに髪型が同じになったってことかな」

もう一人の友達が総括してくれたおかげで腑に落ちた。

「そっかあ」

笑いながら見渡すと、みんな、それなりに齢を重ねた感がある。まぶたは垂れ、皮膚の張りが失せ、目の下に隈(くま)をつくり、染めてはいるが頭の毛は心なしかボリュームに欠け……と思って横を向くと、

「それにしてもクマコは、相変わらず髪の毛が多いねえ。真っ黒だし！」

驚いた。中学時代から毛髪も眉もまつげも黒々ピカピカ豊かなことで名の知れたクマコは、だからこそあだ名が「クマコ」になったほどの逸材だったのだが、昔と変わらぬショートヘアの毛先は勢いに溢れている。

「そんなことないわよぉ。これでもかなり柔らかくなったんだから」

本人は謙遜しているつもりらしいけれど、まわりの人間からは羨望のまなざしである。

「いいねえ」

「うらやましい」

少女時代、剛毛は決して自慢にならなかった。一本一本が太いうえに本数も多いから、望みのスタイルにまとめにくい。私とてあの当時、毛の量が多すぎて、プラスチ

ックの髪留めがパチンと弾けて壊れた記憶がある。

「そうそう、アガワも多かったよねえ、昔は。ずいぶん、減った？」

「はい、すっかり……」

　互いの変貌ぶりや変貌しなさぶりに驚き笑う間にも、九人それぞれがあっちとこっち、そっちと向こう、あちらとこちらで勝手に喋りまくっている。なにしろ話題は尽きないのだ。毛髪問題から始まって近況報告、亭主の定年話などをするうちに、どこからか、

「ウチの両親をとうとう老人ホームに入れたの。無理やり説得して。最後に『わかった』って父が寂しそうに頷いたときは、泣けた」

「元気なうちは入りたがらないもんね、ウチもそうだった」

「ところがね、入ってみたら、すっかり気に入って。若いスタッフは呼べばすぐに飛んで来てくれる、家族はなかなか来てくれなかっただって」

「ウチなんか、ご飯が不味すぎるって、勝手に出てきちゃったのよ」

「お元気でなにより！　でも大変だったたねえ」

「そういえば、アガワのお父様、亡くなられたのよね」と、誰かが私に神妙な顔を向

けるので、

「まあ、九十四歳だったから……」

「老衰？」

「はい。極めて穏やかに……」

たちまち、

「そうなのよ！」と膝を打つ者が現れて、

「人間ってさ、少しずつ食欲が落ちるに任せていると、最後は苦しむことなく息を引き取るものなんだってね。じゃ、ウチの叔父なんか、あれだけ管いっぱいぶら下げて腹水ためて、もがき苦しむようにして死ぬ必要があったのかって言いたくなる」

「今、だいぶ変わってきてるんでしょ？　無理な延命措置はしないで」

「そうそう、だからお医者様も胃ろうとか、無理に勧めないもんね」

たちまち医療問題に発展したと思いきや、

「オレオレ詐欺に遭ったの？」

と、素っ頓狂な声が飛び、

「誰が？」と問えば、

「私じゃないわよ、義理の父がね」

「いくらくらい？」

「言いたくないくらい」

「あら、お気の毒。ウチの母はその点、耳が遠くて電話がかかってきてもほとんど聞こえないから、オレオレ詐欺の心配はないの」

「ウチも耳が遠い。おまけに軽い認知症」

「ウチのダンナの父親が認知症になって。最近、弟が来ないってぼやくんだけど、とうに亡くなってるのよ。それを忘れてるらしくてさ。だから親戚が『もうすぐ会えるよ』って」

一同、「ひどーい」と大笑い。そのとき、

「長嶋監督と同じ状態なの」

終始、まわりの話に頷いて、「偉いねえ」「大変ねえ」と合いの手を入れるばかりだったKちゃんの小さな声がして、「誰が？」と聞くと、

「ウチのダンナ。五十代の半ばに倒れて、今、リハビリ中。毎日、私が運転して病院へ連れて行くんだけど、後部座席に座って、『運転手は君だ、社長は僕だ』って冗談

言えるぐらい元気になった」

ケラケラ笑いながら言うKちゃんの顔を見て、私はジーンときた。九人九色。同じ制服を着て無邪気に生きていた者たちが、その後、結婚したり離婚したり、独身のまだったり仕事を続けていたり。みんなそれぞれに闘ってきたのである。自らの愚痴を笑いに変え、辿ってきた道は違えども、互いにいたわり合うすべを得た。

別れたあと、みんなのメールが飛び交った。

「楽しかったねえ、スカッとした」

たまにこうして爆発し、ちょこっとなぐさめの言葉をかけ合う。それだけで、女はまた明日へ向かって進むことができるのである。

土と花

ノーベル生理学・医学賞を受賞された大村智（おおむらさとし）さんにインタビューの仕事でお会いした。すでに読者もご存じの通り、大村博士は静岡県川奈のゴルフ場でプレー中に、そのあたりの土を採取してビニール袋に入れて持ち帰り、培養分析し、生息していた微生物が生成する化学物質をもとに、治療不可能と思われていた感染症に有効な抗生物質を作り出し、何億人ものアフリカの人々の命を救ったという。

「へえええええ……」

それ以上の感嘆の言葉は見つからない。実際のところ、なんでそういう経緯になるのやら、どうしてそんな希有なる発見ができるのやら、かいもく見当がつかないからである。しかし、私は「へええええ……」と感服してばかりいるわけにはいかない。せっかくお会いしたのだから、もう少し理解を深めなければ。と、そこで素朴な疑問を博士にぶつけてみた。

「なぜそのゴルフ場の土が『クサいぞ』と直感なさったんですか」

するとと博士はいともケロリとした顔で、

「クサいかどうか、採取した時点ではわからないんですよ。ただ、我々の研究所のスタッフは年がら年中、ここには面白い微生物がいそうだと思う土を見つけちゃ持ち帰っているんです。それを何人もの人間がチームになって培養したり分析したりした結果だから。たまたま『川奈ゴルフ場』ってメモしておいた袋の中の土を培養したら、貴重な化学物質が出てきた。当たる確率は、宝くじよりはるかに低い」

しかも、川奈で土を拾ってからノーベル賞に至るまでに、ほぼ四十年もの歳月がかかっていたのである。昨日今日に生まれた成果ではなかったのだ。長い年月にわたる目も眩むような地道な作業と功績が、評価の域に達するまでには、それほどの年月がかかるのか。これまた、「へえええええ」である。

そこで私の頭に新たな疑問が湧いた。

「でも微生物って、生物の中ではもっとも下等な生き物なわけですよね？　脳も内臓もない、目に見えないほど小さな生き物が、なぜそんな大事な化学物質を作り出すんですか？　なんの目的でそういう化学物質を出すんですか？　進化したはずの人間は、自分の病気を治すための化学物質を、どうして自分で作り出すことができないんですか？」

　すると大村博士、またもやケロリと、

「そんなこと、わかんないの。それがわかったら、ノーベル賞十個もらえるよ」

あ、わかっていないんだ。私は妙に納得し、なんだか清々しい気持になった。これだけの偉業を成し遂げながら、わからないことには間髪を入れず堂々と「わかんないの」と言ってのける大村博士の潔さにも感服したが、同時に、自分たちよりはるかに「高等」であるはずの人類を救ったのに、驕ることなく偉ぶる意識もなく、地位を逆転させようと策略するでもなく、今日も淡々と化学物質を作り続けているであろう微生物君たちに対し、「あっぱれ！」と叫びたくなった。

　ずいぶん昔、仙台は秋保にある慈眼寺のご住職、塩沼亮潤さんにお会いした。塩沼住職は、奈良県大峯山千三百年の歴史の中でたった二人しか成し遂げていないという厳しい修行を果たして大阿闍梨の称号を獲得なさった、とんでもない方である。見た目は若々しくて爽やかで、袈裟をお召しでなかったら、普通のスキンヘッドの青年が来たのかとしか思わなかったかもしれない。もったいぶったところは微塵もなく、お話しぶりも簡潔で人なつこく、一目会った瞬間に親しみの湧く雰囲気を醸し出していらした。しかし、その口から出てくる修行時代のエピソードの数々は、「それ、人間のすることじゃないでしょ」と驚愕するほどのものばかり。

大峯千日回峰行。ざっと説明するならば、毎日四時間ほどの睡眠で、最低限の食料と水だけ携えて、日も上がらぬ暗闇のなか、吉野の山へ一人きりで入山し、一日十六時間、往復四十八キロの山道を千日、歩き続ける苦行である。しだいに身体は衰弱し、栄養失調、下痢、血尿の症状を呈しつつも、途中断念は許されない。断念するときは腹を切ると定め、脇には短刀を差して歩くという。その修行中、塩沼さんが、「もうダメだ、これ以上、進めない」と思って地面に伏したときのことである。

「見上げると、丈も高く、大きな花弁をつけた美しい花の隣に、注意しなければ見過ごすほどの小さな野花が咲いていたのです。その二輪の花を見つめているうちに、花はこうして並んで咲いていても、互いに嫉妬したり侮蔑したりしない。ただ、芽を出したその場所で、太陽の光を求めてひたすらまっすぐ上に向かうことだけを思っているのだろう。自然に命が尽きるまで、自らを他者と比較して生きることはないのだ。そのことに気づいたとき、もう一度、歩こうと思いました」

十年以上昔に聞いた話なので、塩沼さんの言葉とは少し違っているかもしれないが、私はそんなふうに受け止めた。そして、さりげないエピソードがなぜか私の心に深く刻まれて、いつしかその場面を頭の中で映像化までして、今でもときおり再生する。

大村博士の話を伺っているうちに、ふと、山の斜面に咲く大輪のシャクヤクと、その片隅で密やかに顔を覗かせる露草の姿が目に浮かんだ。山奥でシャクヤクと露草が並んで咲くことがあるかどうか知らないですけどね、イメージです、イメージ。

人間は、土から生まれてこのかた、ずいぶん進化したものだ。科学も文化も芸術も、あらゆる能力を磨いてきた。それなのに、なぜ土や花に習うべきことが、まだこれほどにあるのだろう。進化したぶん、忘れ置いてきたものが多すぎるのか。

男の捨て台詞

高田文夫さんの『ラジオビバリー昼ズ』に招かれた。どんな話をすればご期待に沿えるのかわからないけれど、聞くところによると、放送開始から二十八年目になるという。そんな長寿番組を支える名パーソナリティ、高田師匠にお任せすれば何とでもなるだろうと気楽な気持で快諾した。ただ一つ、番組スタッフから事前に頼まれたことがある。それは、自身のベスト3を決めておいてくれという注文である。何でもかまわない。今、好きな趣味ベスト3でも、好きな鍋ベスト3でも。はて、どうしよう……。と考えた末、私が提案したのは、「男の捨て台詞ベスト3」である。

すでにラジオを聴いた方には重複する話になって恐縮だが、聴いていない人のほうが多いだろうから、お許しくださいね。もっとも思い返せば、厳密には「捨て台詞」と言えないものも含めているが、とりあえず。

アガワの「男の捨て台詞ベスト3」、まず三位の発表です。パンパカパーン。

「へんな男にコマされるなよ」

これは生前の父の台詞である。たしか私が二十代初め頃だったと思われる。もちろん私はまだ乙女であった。父の身になってみれば、娘にはいずれまともに結婚してもらいたいと望んではいるものの、早過ぎては困る。ましてへんな男につかまってしまうのも困る。と、そんな父親の思いを伝えるにあたり、思わず出たのがこの台詞だったらしい。何がきっかけか覚えていないが、とにかく突然、そう言われたうら若き娘としては、そりゃもう仰天するというものだ。しかも、こう言ってはナンだが、父は小説家なのである。常日頃より日本語の使い方にたいそう厳しく、子供が間違った言葉を発するや、たちまち怒り出す習性があった。言葉はその国の文化、美しい日本語を使うよう心がけろ。それが父の口癖だ……と、認識していたのに、まさか娘に向かってそんなはしたない言葉を投げかけるとは。父のおかげで私は学んだ。男と女が本気で親しくなるには、コマされることが大事であると。

では、「男の捨て台詞」第二位にまいります。パンパカパーン！

「女は小さいほうが可愛い」

これは打って変わって小学六年生の男の子に囁(ささや)かれた台詞である。

メディアの仕事を始める以前、私は小学校の図書室でアルバイトをしていた。司書の資格はなかったが、壊れた本の修理をしたりポスターを作ったり、ときに「図書室のおねえさん」として児童に読書指導をすることもあった。ある日、靴を脱いで利用する「絵本コーナー」で、六年生の男子児童がスニーカーを履いたまま、膝立ち歩きで本棚を物色していた。私は指導員の一人として毅然とした声で注意した。

「ほらほら、スニーカーを脱がなきゃダメでしょ」

「はーい」

男子児童は素直に従って、コーナーの端まで膝立ちのままトコトコ近寄ってくると、私の前でスッと立ち上がった。膝立ちのときは当然のごとく私より頭が下にあったのだが、立ってみればなんと大きいこと。百五十センチの私よりはるかに長身である。

「あら、〇〇君って、大きいんだねえ」

感心してそう言うと、〇〇君は私を見下ろして、

「女は小さいほうが可愛い」

さらりと言って、立ち去った。私は思わず、上気した……と思う。少なくとも間違いなく動揺した。生意気ではある。しかし女心をみごとにつかんでいる。自分がコン

プレックスと思っているところを、さりげなく誉められたら、どんな女もイチコロだ。あれから三十数年、○○君は四十代になっているはずだ。今頃、どんなチョイワルオヤジになっていることか。

いよいよ「男の捨て台詞」第一位の発表です。パンパカパンパン、パーン！

「最後だったのに……」

これはですね。見ず知らずの殿方の発言でした。友人知人、初対面の方々取り混ぜて、総勢八人で食事会をした晩のことである。赴いたのはカウンター十席のお洒落な店だった。つまり、残る二席には我々とは別の男女のカップルがすでに食事を始めておられた。彼らに気を配るつもりはあるものの、いかんせんこちらは八人の多勢である。つい声が大きくなったり笑い声が響いたり、どうしてもうるさくなる。さりとてヒソヒソ声で言葉を交わす距離関係ではない。

そうこうするうち、カップルお二人が食事を済ませ、席を立ち上がった。我々の椅子の後ろを通り過ぎようとする。そこで多勢軍団が一人ずつ席を立ち、事後とは承知しつつもお詫びをした。

「どうも、うるさくしてご迷惑をかけました」

個々に頭を下げるうち、カップルの年配殿方が、ぼそりと吐いたのである。

「最後だったのに……」

たちまち隣の女性が、反応した。

「そんなことまで言わなくてもいいのに」

一同、それぞれに、「ああー」なんて、軽く愛想笑いを浮かべて反応し、当然のことながら、誰もその理由を追及することはできず、半笑いの顔で再び頭を下げ、そして二人は店を出て行った。

しかし、なんという深い風情が残ることか。日を経るにつれ、蘇る。はたしてあの言葉にはどういう気持が込められていたのだろう。なにが最後だったのか。私の頭にさまざまなドラマが浮かぶ。妄想が膨らむ。切なさが乗り移る。ご当人はさほど深い意図がなかったのかもしれないが、投げかけられた身には、大いなる余韻がもたらされた面白い言葉であった。

サンライズ　サンセット

朝日と夕日とどちらが好きかと問われたら、私は今まで、迷うことなく「夕日！」と答えてきた。夕日は一日の終わりを告げる中締めのようなものである。そのあと眠りにつくまで夜の時間はけっこう長いにもかかわらず、太陽に別れを告げると、たちまち「ああ、今日もおしまいか」としみじみした気持になる。

「夕日は寂しくない？」

朝日好きの人によく言われる。

「ぜんぜん」

私はケロリと答える。

たしかに子供時代は、太陽が沈み始めるとドキドキしたものだ。早く帰らないと叱られる。真っ暗になったら大変だ。カラスと一緒に帰りましょ。カラスの鳴き声に背中を押され、息せき切って家を目指した。

しかしいつの頃からか、空が赤く染まり始めると別の意味でドキドキするようになった。さあ、そろそろ仕事を終わらせて、まずはビールで乾杯だ。そのあと何を食べようか。肉か魚か、和食かイタリアン？　中華料理もいいかしら。迷う迷うよ、何がいい？

いつのまにか私はすっかり夕日好きになっていた。夕日を見ながらお酒の飲める酒落たバーがあるという噂を聞けば、行きたいよぉと身をよじらせ、旅雑誌に見事な夕景の写真が載っているとうっとり眺め、旅先で、この丘の上から見る夕日は絶景だと言われると、予定を変更してでも寄ってみようと昂揚する。

親元を離れ、一人暮らしのアパートを探したときも、「夕日を望める」ことと「富士山の姿を拝める」ことを基本条件にして選んできた。実際、最初のアパートから数えて四軒目まではなんとかその条件をクリアしてきた。ベランダから身を乗り出せばなんとか見えるとか、ビルとビルとの狭い隙間に赤い太陽を見留めたとか、その程度の見え方ではあったが、それでも毎日の夕焼けは、じゅうぶんに私の心を和ませてくれた。ところが、十数年前から住んでいる今のマンションは南東向きである。すなわち、夕日も富士山も、まったく見えない。なのに、なぜ住むことにしたのか。その他の条件が気に入ったからである。

ま、いっか。たまには朝日を見るのもオツなものだろう。朝焼けだってじゅうぶん美しいはずである。そう自分に言い聞かせているのだが、いまだに夕焼け喪失感はぬぐえない。カラスの鳴き声に誘われパソコンから目を離し、窓ガラスの向こうを見渡すと、かろうじてビルのガラスに夕日が反射して赤く染まる様子が認められるだけである。その間接的夕焼けを見るたびに、オレンジ色の憎いアイツに会えない焦燥感が募る。

オランダのデルフトにフェルメールの家を訪ねたことがある。フェルメールは作品の多くを、その家のひと部屋で描き上げたという。だから、名画として名高い「窓辺で手紙を読む女」も「天文学者」も「地理学者」も「真珠の首飾りの女」も、いずれも絵の左側に大きな窓があり、そこから注がれる光がモデルとなっている人物を輝かせ、作品の美しさに奥行きをもたらしている。それらの作品を描いたのが、この部屋だったのか。私はフェルメールのアトリエに立ち、窓を見上げた。たしかに外の光が降り注いでいる。が、真昼だというのに決して強い光とは言えない。ガイドの解説が耳に届く。

「画家にとって窓は北を向いていることが大事だったのです」

へ、これって北向きの部屋だったの？　北国オランダの、電気もない十七世紀の住まいである。色を扱う芸術家が、なぜそんな薄暗い部屋を好んだか。

「北向きの部屋なら、太陽の動きに左右される心配がなかったからです。時間によって影のでき方が変わってしまうと、画家は絵を描きづらいのです」

そういえば、我が父も「書斎は北向きがいい」と言っていた。原稿を書いているときに、朝日や夕日に煩わされるのは嫌だったらしい。父は終生、決まった原稿用紙に4Bの鉛筆で原稿を書いていた。鉛筆を握る手が影になって文字が読みにくくなるのを嫌ったのかもしれない。もっとも最後に書斎にしていた部屋の窓は南西を向いていたが、不満をもらしていたのを聞いたことはない。その他の条件が満たされていたせいか。人は常に、100％の満足を得ることはできない。

私の仕事机はバルコニーと同じ南東向きである。夕日が拝めないかわりに、日中の日差しは豊かである。太陽に照らされた木々の緑を眺めつつ、はて何を書こうかとボーッと考えるときが好きである。父やフェルメールが好むような日差しの乏しい北向きの部屋で仕事をする気にはとうていなれそうもない。

先日、原稿書きのため、南房総の温泉宿で缶詰になった。辛気臭い執筆仕事である。窓から見える景色ぐらい贅沢をしたい。そう思い、海を一望できる宿を選んだ。外房なので夕日は見えない。でも、朝日は期待できる。

日中、原稿書きと、ときどき入浴に精を出し、日が暮れたあとは夕食だけを楽しみに、お酒を飲んで早めに寝る。すると、健康的に早起きができる。五時半過ぎ。そろそろ空が白んできた。私は朝日を見ようとベッドから這い出る。水平線の向こうがしだいに赤く染まり出し、六時過ぎ。突如、巨大な真っ赤な太陽が海の向こうからせり上がってきた。その神々しさ。雄大さ。すがすがしさ。長らく会えなかった夕日が地球の裏側を回って戻ってきたかのようである。私はそのとき、はっきりと悟った。なぜ、自分は夕日のほうが好きだと長らく主張してきたか。それは、朝日の美しさを見るために、早起きができなかっただけなのではなかったかと。

復活の日

三十年ぶりにセーターを編むことになった。手編みである。オトコができたのか。って、そういうことではなくてね。れっきとした仕事である。

東日本大震災後、糸井重里さんの発案で始まった「気仙沼ニッティング」という会社のプロジェクトに私も編み手の一人として参加するのである。震災五年を機に糸井さんを訪ね、復興支援活動のあれこれを伺ううち、手編みセータープロジェクトの話に及んだ。被災地に新たなビジネスを生み出したい。一時的ではなく、長く続くもの、しかもしっかりと地元の収入として成立するものはなんだろう。試行錯誤を重ねた末、誕生したのが、「気仙沼の女性たちが編んだ、誰もが着たくなるお洒落な手編みのセーター」企画だったという。価格は一枚だいたい十万円。

「そりゃ、高いですね。売れるんですか？」

するとと糸井さん、

「買い手の立場で価格を設定するのではなくて、編む側の労賃としてちゃんと納得のいくものでなきゃ、売る意味はないんですよ。そのかわり、その価格でも欲しいと思わせるだけのデザインとクオリティを確保すれば、需要は必ずある」

糸井さんの経済理論である。「株式会社ほぼ日」で販売している「ほぼ日手帳」もそんなアイディアのもとに生まれた。少々値が張っても、こういう手帳が欲しかったんだよなと、糸井さん自身が喜ぶ手帳を作ってみたところ、もはやブランドとして立派に流通している。

「だからこのセーターも、ステキだなと思えば値段は気にならなくなるでしょ」

気にならないかどうかは怪しいが、たしかに糸井さんがお召しの丸首アラン風セーターはお洒落である。私はそばに近寄って編み地を確認しつつ、

「実は私、かつて編み物の先生をしていたことがあるんです」

つい口を滑らせたら、

「え、アガワさんって編み物できるの？」

「まあ、昔々の話ですけどね」

糸井さんの目が光った。口元が微妙に動く。

「じゃあさ、アガワさんも編み手の一人になって編んでみるってのはどう？　編み手の女性たちの励みになるし、話題にもなる。もちろんボランティアじゃなく、編み賃はお支払いします。売り物なんだから」

え、そんな。いや、でも。小さく抵抗するうちに、いつのまにか引き受けていた。

「近々、『気仙沼ニッティング』の女性社長と会わせますよ。打ち合わせしてください。いやあ、楽しみだな」

糸井さんに明るく見送られて事務所を出たあと、かすかに不安がよぎった。長い年月、編み棒を握っていない。はたして編めるのか。しかも二十代の頃、編み物に夢中になっていた時代でさえ、売り物として編んだ経験はないのだ。

私が編んでいたのはもっぱら自分のセーターや弟の手袋、マフラー、そして恋する殿方へのプレゼントである。当時の女子大生は手編みのセーターを愛しの君に贈るのがお決まりであった。ちょうど映画『追憶』が公開された頃。冬の海岸を寄り添って歩くバーブラ・ストライサンドとロバート・レッドフォードのシーンに憧れた。そのときロバート・レッドフォードが着ていた生成り色をした縄編み模様のセーターがどれほどステキだったか。映画のプログラムを凝視して、必死に模様を再現していた友が何人かいる。私自身はそれだけの気力がなかったので、もう少し簡単な、しかし地模様や色を工夫して、あの人、この人、かの君のため、愛を込めて棒針を動かした。ああ、あんなに精魂込めて編んだセーターの数々は、どこの藻屑と化したことか。

それはさておき、編み物好きが高じてそののち、友達相手に編み物教室を始めた。一回五百円のお茶代込みレッスン料で、有志を募り、それなりに繁盛した。その後、アルバイト先となった私立の小学校図書室では、「子供たちに編み物を教えてみませんか」と先生に勧められ、しばらく図書室主催の編み物教室を開いていたこともある。棒針編みのベストを編みたいという男勝りの小学四年生、エミちゃんに手取り足取り指導したときは難儀した。なにしろ水浸しのハンカチをグルングルン回しながらやって来るなり、

「おねえさん、さ、編むぞ！」

床にあぐらをかき、汗を拭い拭い、針を動かす。威勢はいいが丁寧さに欠ける。そうそう、いい感じ。励ましおだてて指導するものの、この調子でいったい編み上げることができるのか。なんとかかたちにし、「できたね。よく頑張った」と送り出したときこそ、さほど感慨はなかったが、それから数ヵ月後の春になり、新一年生の愛ら

しい男の子が編み目の不揃いな、たしかに見覚えのあるベストを着て図書室に現れたときは、思わず目頭が熱くなった。エミちゃんは、この弟のために必死で編み上げたのである。

思い返せばあの頃は、編み物に夢中だった。いつか結婚し、家の片隅の棚に自分で紡いだ色とりどりの毛糸を並べ、我が子の歓声を聞きながら、今日は何を編もうかと思い巡らすような生活がしたい。そんな夢がブチ壊れて幾星霜。

でもこのたび、久しぶりに毛糸を手にし、ためしに二十段ほどメリアス編みを試みてみたら、案外、編むときの感覚を忘れていないことに気がついた。当時と違うのは、老眼鏡をかけていること。それでもそこはかとなく心が躍る。ひと目ひと目を編み進める喜びが蘇る。遠い昔に別れた友と再会したかのごとき興奮。やっぱり私は編むことが好きだった。

いい女の条件

「アガワさんの部屋は散らかっとるでしょう」

さる紳士から唐突に指摘され、私はうろたえた。尾道から来たその紳士とは三十年来の親しいお付き合いになるけれど、私の部屋にお招きした覚えはない。

「なんでご存じなんですか⁉」

ややムキになって問い返すと、

「いやね、昔から言うでしょう。いい女、ふだんブッ散らかしており。いい男、金と力はなかりけりってね。どっちも人間、すべて整った人はいないものだという比喩ですよ」

つまり、アガワはいい女だと誉めたつもりと紳士はおっしゃるが、とうてい誉められた気になれない。しかもその紳士、ついでに言い足すことにゃ、

「部屋がブッ散らかっとったら、『この家にはいい女がおるのう』って言うてやるん

です。そしたら、その家の奥さん、『いえいえ』って謙遜してね。悪い気はせんのよぉ」

「ハハハハハ、お上手」と私は他人事のように笑って応えたが、図星を突かれた動揺は否めない。

ちょうど今、私はその片づけ問題と日夜格闘している最中なのである。というのも、本格的に老齢化しつつある母を我が家のそばで生活させたほうが安全と考えて、数年前、近所に小さい部屋を借りた。そして週に数回、そこで過ごすよう促したのだが、住み慣れた庭つき一軒家から、たまとはいえ離れるのが嫌らしく、母は結局その部屋に馴染むことがなかった。しかたなく私は自分の書斎として使ったり打ち合わせ場所として利用したりしていたのだが、このたび、契約更新時期が巡ってきたのを機に、「家賃がもったいない」と思い、部屋を引き払うことに決めた。決めたはいいが、さてその部屋を見渡してみれば、たった数年でなんと荷物の増えていることか。母用のベッドや自分用の書斎机などはいたしかたないとしても、本宅の収納棚に入り切らない書籍や衣類を徐々に避難移動させるうち、すっかりトランクルーム化していたことが判明した。さて、それらすべての荷物を本宅に運び込まなければならない。今の部屋とて仮住まいの狭いマンションの一室だ。すでにモノが溢れている。

「入るわけないぞ」

となれば、処分するしかないか。

そもそも捨てられないタチである。完全に壊れるか、はたまた完璧に腐るか朽ちるかしなければ、「捨てよう！」という気にならない。まだ使えると思うだけでなく、長くそばに置くうちに、えも言われぬ愛着が湧き、別れがたくなるのである。

「ときめき片づけ法」で有名になった片づけコンサルタントの近藤麻理恵さんに会ったとき、しっかり学んだはずであった。コンマリ様の教えによれば、部屋ごとの片づけは意味がないそうだ。

「靴下なら靴下、スカートならスカートを、家中から引っ張り出してきて、一度、床にぜんぶ広げてみるのです。そうすると、自分はこんなにたくさん持っていたのかって、まず驚くはずです」

つまりはおのれのキャパを知る。この家の広さで、この年齢で、そんなにたくさん必要ないという現実と向き合う。それが大事なのだ。その上で、「大切な思い出があるから捨てたくない」と思うものは、他人がどれほど「ヨレヨレじゃーん」と軽蔑しても、取っておけばよいとのこと。私はコンマリさんにお会いして勇気が湧いた。翌日、さっそくTシャツから試みる。そして見事に三分の二ほどの枚数まで減らすことに成功した。「よし、次はパンツだ！」と闘志に燃えて早半年あまり。第二段階に到達できないところに、私の片づけ能力の限界を見た。

しかし、このたびは悠長なことを言っていられない。なにしろ大量に運び込まれた書籍、衣類、雑貨、書類などの詰まった段ボール箱が床に積み上げられ、まるで梱包会社の倉庫のような事態となっている。コンマリメソッドを実行する以前の問題だ。

私は決意する。

「今回こそ、じゃんじゃん捨てるぞ！」

しかし、実際にモノを目の当たりにすると、

「ああ、このDVDはまだ見ていなかった」

「このショールはあの方からいただいたんだっけ」

「このハンドバッグ、だいぶヨレヨレだけど、気に入ってたもんなあ」

なんのかんのと理由がついて、結局、ゴミ袋には放り込めない。ならば、差し上げて喜んでくれる人に譲ればいい。今度は「捨てる袋」の隣に「あげる袋」が山積みさ

れる。

仕事先にて、放出品の詰まった紙袋を差し出して、

「ねえねえ、こういう化粧ポーチとか小袋とか、使わない？」

若い女性スタッフ相手にさりげなく声をかけると、

「あ、また部屋の片づけ始めたんですか？」

長い付き合いになる子は私の心理をしっかり読み取っている。ニコニコ笑いながら、

「そういう袋物って、いつのまにか増えるんですよねえ。ウチにも捨てるほどあります」

ニコニコきっぱり拒否された。でもここで私はあきらめない。別の仕事先にて、別の女性スタッフににじり寄る。

「ねえねえ、ハンカチとかミニタオルとか、ボディ用タワシとか、使わない？」

またもやさりげなく広げて見せると、

「あら、新品じゃないですか。嬉しーい。いただきまーす！」

遠慮がちに不用品を差し出す私に向かい、本心はさておき、心から喜ぶ顔を見せてくれる人こそ、私に言わせれば、本当にいい女だ。

箸休めタイム

今、軽井沢に来ている。またもや原稿書きに集中するためだ。自宅にいるとどうしても雑務に気が散って、はかどりが悪い。

「そんなことやっても無駄だよ」

もの書き仲間は笑うけれど、言っちゃなんだが、私にはけっこう成果がある。以前、南房総の温泉宿に籠もったときも予想以上に書き進めることができた。それで味を占めた。そろそろ暖かくなってきたので、今回は軽井沢の別荘にしばらく引き籠もってみようかと思い立つ。

別荘といっても、高級別荘地区とはかけ離れた山腹の斜面に五十年ほど昔、父が建てた小さな木造の山小屋である。私が子供の頃は夏休みになると家族揃って長逗留したが、子供が成長し、両親が年老いるに従って、訪れる機会が格段に減った。人の出入りのない家はあっという間に朽ちるものらしく、

「もうあんなボロ小屋、売り払うぞ！」

十数年前に突然、父が宣言した。驚いた私が、

「えー、もったいないよぉ」

抵抗したら、

「だったらお前が引き取ってくれるのか」

こうしてその小屋は私の持ち物になった次第。ちなみにそのとき、税理士さんに相談したところ、

「お父様から引き継がれるわけですよね。だったら売買よりも贈与のかたちを取ったほうが、税金が安く済みますよ」

さっそくその旨を父に伝えると、

「なんでお前にただで譲らなきゃいけないんだっ」

ムッとされ、

「わかりました。ではきちんとお支払いしますので、所得税は払ってくださいよ」

可愛い娘が欲しいというなら喜んで譲ってやろうなどという気持が、父にはさらさら、もともと、ない。

そのボロ小屋を買い取って、修繕を施した結果、なんとか暮らせるだけの環境を整えてみたものの、なにせ急な斜面の上に立っているため、冬場は道路が凍結し、水道管も凍結し、使用不可能となる。だから春の到来が待ち遠しく、今回の訪問は今シーズン初となる。

東京が初夏の装いを呈している時節、軽井沢はまだ心なしか肌寒い。それでも木々の枝には潤い溢れる赤ちゃん新芽が顔を出し、茶色い山の景色を日毎、青々と蘇らせつつある。

この小屋に滞在する楽しみの一つに、鳥の声を聞くことがある。バードウォッチングならぬバードリスニングの楽しみを教えてくれたのは、エッセイストの三宮麻由子さんだ。二十年近く昔、三宮麻由子著『鳥が教えてくれた空』をたまたま読んで、その中に出てくる「箸休め」という言葉のくだりに、私はドカンと胸打たれ、オイオイ泣いた。

「鳥は、『神様の箸休め』だと思う。小さかったり弱かったり、またワシやタカのように空の王者と言われても、生態系の頂点の微妙な場所にいる繊細な生きものだ。でも野鳥がいなければ、地球の生活はどんなに無味乾燥なことだろう。（中略）さらに私は、箸休めたちとつき合ううちに、『私も箸休めではないかしら』と思い始めた。たしかに私は社会の小さきもの、偉人でもなければ有名でもない。でも、そんな小さな存在がまったくなくて、世界に偉大な人たちばかりがいたとしたら……」（集英社文庫より）

三宮さんは四歳にして両目の視力を失った。しかし必死に勉強し、語学力も文章力も人並み以上に身につけた。でも本人は、いったい自分は社会の何の役に立つのかと悩まれた。そのとき鳥の声に気づき、鳥に空の高さを教えられ、生きる勇気を与えられたのだという。

私もけっこう悩んでいた。三宮さんの悩みに比べれば贅沢極まりないけれど、仕事に恵まれながらも、自分がこの先、何を目指して生きていけばいいのかわからなかった。そんなときこの本に出合った。

「よし、私も箸休めのような人生を目指そう」

以来、野鳥に勝手な親近感を抱くようになったのである。

いつのまにか鳥の鳴き声が消えている。ちょうどお昼どき。ランチ休憩かもしれない。さっきまで窓の近くの枝にメジロのつがいが来ていた。メジロというのは姿はあれど鳴くところはめったに見せてくれない。シャイなのか。この季節、さかんに聞こえてくるのはなんといってもウグイスの鳴き声だ。都会でもときおり耳にするけれど、山中のウグイスは格別に豪華である。ウグイス歌声喫茶に来たようだ。「ホー、ホケッキョ。ケキョケキョケキョ」と、我こそ春のヒーローよとばかりに鳴くウグイスの傍らで、我関せず「ピーピーピー」と鳴き続ける鳥がいる。あれはなんだろう。姿が見えないのでわからない。姿が見えてもわからない。「ピーピーピー」と鳴くうちに、「ッピッピ、ピーピーピー」とアフタービートのリズムをつけ始めた。ジャジーなヤツよ。お、近くの白樺の木に大きめの鳥が飛んできた。木の幹を登っているぞ。頭のてっぺんが赤く、嘴(くちばし)が長い。もしかしてキツツキ？　私は慌てて本棚から鳥類図鑑を取り出してページをめくる。どれだどれだ。おお、アオゲラかな。頭が赤いけどアオゲラ？　確認しようと思い再び外に目をやると、もはや鳥の姿がない。残念。と思っていると、

「ヒョイデモ、ッスイー。ヒョイデモ、ッスイー」

なんと表記したものか。鳥の声を言葉で再現するのは難しい。そうかと思うと、

「ホラモー、チェーチェーモー、ツイー」って中国風のヤツも鳴き出した。だんだん

混声合唱隊の様相を呈し始めている。なんてね、こんなことしているから、原稿がちっとも進まない。

始まり始まり

なにがボケの始まりで、どれが単なるど忘れか。つれづれ怪しいことになってきた。はばかりながら、わたくしただいま満六十二歳。秋がくれば六十三歳。孫がいてもおかしくない年頃ではあるが、結婚も出産も経験せずこの歳になった身にとって、二、三十年はさして変わらぬ日々の繰り返しという実感しかない。ありがたいことに仕事も失わず、その中身は小さな変遷を辿りながらも、インタビューの準備と原稿の締め切りに追われる点においてはほとんど一週間、あるいは一ヵ月単位で、「ああ、間に合わない」と焦るばかりの毎日だ。心をざわつかせたまま、気がつけば新たな月、新たな年を迎えている。「来月になれば少しのんびりできるかしら」と、カレンダーを眺めて嘆息しても、季節は私の気持などどこ吹く風とばかりに淡々と過ぎていく。「あれは二年ぐらい前のこと？」と思ったことは、だいたいその倍の年月の経っている場合が多い。すべては光陰矢のごとし。そんな日々の中、徐々に脳の海馬方面に潤沢な血が流れ込んでいないのではないかとおぼしき症状にぶち当たり、急激な不安に襲われる。

たとえば出かけるとき。玄関の鍵を閉めて外に出てからふと、

「ガスの火を消したっけ……？」

心配になってまた鍵を開け、靴を脱いで台所に走り、四つあるガスコンロの、いずれのスイッチもきちんと縦になっていることを確認し、よし、これで大丈夫と安堵してまた靴を履き、玄関の扉を開けて外へ出る。

そんなことは誰だってありますよと、なぐさめてくださる諸姉よ。しかしこれを三日連続でやらかすと、どんなものでしょう。さすがに私の脳に何か欠陥があるのではないかと心配になりませんか。

はたまた老眼鏡捜索を日に何度、繰り返せば済むのだろうか。朝、ベッドから出て早速、今日はあの資料を持って出かけなければいけないんだ、目立つところに出しておこうと、玄関の床に置き、ついでに新聞を取り、読もうと思ったら「あ、眼鏡」。どこに置いた、居間か洗面所？　あちこち探した結果、ベッド傍らの小机にあるのを発見し、改めて新聞を読もうと思うが、その前にお手洗い。用をすませ、ようやく新

聞を読もうと思うと、「あ、眼鏡」。お手洗いの横の棚に置いたことを思い出す。と思いきや、今度はシャワーを浴びている最中、顔を洗おうとしたら、眼鏡をかけていることに気がついた。どうりで目の前が曇ると思った。ついでに加えれば、その日、出かけた先にて、資料を忘れたことを知る。忘れないようにと思って玄関の床に置いたのにね。

そもそもが忘れっぽいタチであることは、昔から本人が自覚する以上に、親しい友や家族の間では大いなる定評があった。高校時代、私のまわりで、「忘れる」という動詞を「アガワる」と言っていたことがあるほどだ。

「あ、しまった、またアガワっちゃった」

忘れ物をしたとき、友達はそう叫んだ。

「これだけはアガワらないでね」

約束をするとき、友達はそう念押しした。それほどに揶揄されてもなお、私は順調にアガワり続けた。

そして三十代。シャワーを浴びて、濡れたカラダでタオルマットの上に立ち、下着を身につけようとしたとき、ハタと気がついた。

「まだ、カラダを拭いていないじゃないか！」

長年、意識もせずに行ってきた日常の順番が、意識しないうちに狂っている。まずいぞ、早くもボケが始まったか……。

「だいたい若い頃からボーッとした性格で、物忘れを頻繁にする人はボケないんだよ。むしろ律儀で几帳面で、ちゃんとしないと気の済まない性格の人のほうが、突然、ボケるようになるんだってさ」

そんな話をあるときどこかで仕入れて以来、そうだそうだ、私のような人間は、案外、ボケることはないかもしれないと、秘かな望みを託していたが、その定説も先年、九十四歳で亡くなった父を見ていて不確かになった。

何でもきちんとしないと気が済まない几帳面な父は、死ぬ間際まで記憶がしっかりしていて、ほとんどボケることがなかった。体力気力も落ちた父を病院へ見舞いに行くと、

「先週、頼んだ文庫本、ちゃんと買ってきてくれたか？」

「あ、忘れました」

「そういうことじゃ、困るね」

ある日、三十三歳年上の老人に「忘れるな」と、何度も叱られた。

ある日、お医者様がおっしゃった。

「朝ご飯に何を食べたか忘れるのは問題ないんです。朝ご飯を食べたかどうかを忘れるようになったら、心配してください」

さて私はといえば、これは五十代のことですが、お昼時、小腹が空いたのでパンをオーブントースターに入れた。焼けるのを待つ間、何気なく冷凍庫を開けると、

「あ、肉まんがあった」

嬉々として肉まんを取り上げて、今度は蒸し器の用意を始めたら、我が秘書アヤヤが不審げな顔で近づいてきた。

「アガワさん、パンを召し上がるんじゃなかったんですか？」

ギクッとした。パンを食べ、ついでに肉まんも食べようと思ったの、でも、ちょっと食べ過ぎかしらね。そう答えたいところだが、事実は違う。私は、パンを焼いていることをすっかり忘れていたのである。

こういうのは、心配したほうがいい事例でしょうか、お医者様？

と、書き終えて、念のため、過去の原稿を調べてみたら、すでにこのエピソード、

『婦人公論』に書いていたことを、忘れていた。

進化の退化

ＪＴ生命誌研究館館長の中村桂子さんにお会いした。「生命誌研究館」とは、なんぞや。私は長らく、生物学関係の雑誌かなにかであり、中村さんはそこの編集長を務めておられる方なのだろうと思っていた。だが実際は、大阪・高槻市にある生命科学に関する展示と研究を行っている博物館の館長さんだったのだ。

「生命誌の『誌』は雑誌じゃなくて、歴史物語という意味なんです。英語で言うと『バイオヒストリー』。人類の祖先をさかのぼっていくと、アフリカにいた千人足らずの人に行き着きます。でも、それをもっとさかのぼればおサルさん、さらに人類以前の哺乳類、爬虫類、両生類、そして最終的には海の中の魚類へとつながる歴史がある。つまり、どんな生き物も、地球上に細胞が生まれたと推定されている三十八億年前には同じご先祖様ということになるのです」

中村さんがおっしゃりたいことは、そこにある。人間が、自分たちの暮らしをよりよくするために科学技術の進歩にばかり夢中になるうち、親戚であったはずの他の生物、海の生態を犠牲にしすぎてきたのではあるまいか。人類がいちばん偉いはずはない。ゾウもライオンもゴキブリも人間も、みな親戚だという観点から生物化学を見直す必要があるのではないか。そういう信念のもとに「生命誌」という学問を始められたのだという。

さて、ちょいと話が難しくなったので、私はここで質問をした。かねがね首を傾げている問題があったのだ。

「あのー、私、ミジンコを飼っていたことがあるのですが……」

ミジンコは動物性プランクトンであり、水たまりがあれば、どこでもたいがい容易に発見できる。生物全体から言えば極めて下等な部類に属し、脳も持たない。にもかかわらず、驚くべき予知能力に長けている。

ミジンコは単為生殖で、ふだんはメスがメスを産むということを繰り返すのでオスを必要としないのだが、ときに生活環境が悪化したと察知されたとき、つまり水質が悪くなったとか、あるいは水が干上がりそうだとか感じると、メスは突如、オスを産む。生まれたオスはまわりのメスと有性生殖をし、そこに生まれた卵は堅い殻に覆われたカプセル型をしており、たとえ水が干上がろうと水質が悪化しようと、生き延びる。そしていつか、風に飛ばされて新たな水たまりに落ちたとき、「あ、ここなら大丈夫かな」と認識し、初めてふ化するのである。

なんてミジンコって、頭がいいの？　私はその話を我がミジンコ師匠、サックス奏者の坂田明さんから聞かされたとき、涙が出るほど感動した。そして同時に、どうして人間には、ミジンコのような予知能力がないのかと疑問に思ったのである。

ミジンコの予知能力はそこに留まらない。たとえば自分たちの住む水たまりの人口密度（ミジンコ口密度と言いますか）が高すぎると思ったら、たちまち子供を産むのを止めるというのである。

「だからね、今、日本の少子化を世の男どもは憂えているけれど、これは女たちが本来持つ生物的直感なんじゃないかなあ。今の時代に子供をたくさん産んでも危険が多すぎる。もう少し環境が改善されるまで待ちましょうと、暗黙の意識が働いているんじゃない？」

私はあちこちで自説を唱えてきたのだが、誰も相手にしてくれない。それはさておき、私は生命誌学者の中村先生に問うた。

「脳みそも持っていないミジンコに予知能力があるのに、優れているはずの人間は、どうしてこうも未来のことを予測できないんですか？　人間ってバカなんですか？」

感情的になって質問すると、冷静なる中村先生は、穏やかな笑みをたたえつつ、お答えくださった。

「人間に予知能力がないわけではないんです。科学の進歩のおかげで、本来の予知能力を使う必要がなくなったという面はありますが、生物としての能力はまだ持っているはずです。だって今でも農業や漁業をやっている方たちは、風向きや何やで天気を予想したりするでしょ」

言われてみれば、たしかに海辺で空を仰ぎ、「昆布を干すのは、明日にすんべ」と呟くおばあちゃんの姿を映像で見たことがある。森の奥にて鼻をくんくんさせながら、「もうすぐ嵐になる」と断言するマタギのおじいちゃんの話を聞いたことがある。はたまた膝をさすりさすり、「前線が通過しつつある」と眉をしかめる友達が、思えば身近に何人かいた。

先日、これまた別の対談にて、五木寛之さんにお会いした。病院嫌いでつとに有名な五木さんは、こんな話をしてくださった。

「僕ね、突然死ってのはないと思うんです。突然に具合が悪くなるなんてことはない。その前に、人の身体は何かしらのサインを出しているはずなんです。それに細かく気づいてやることで、対処できることはいくらでもあるはずですよ」

今や駐車場の入り口にて、「カードをお取りください」と愛らしい声で促され、お手洗いに入れば、自動的に蓋が開き、自動的に水が流れ、自動的に蓋が閉まる。まもなく自動的にお尻を拭いてくれるようになるのかもしれない。車を運転してもナビに頼り切って道順を覚える必要はない。ついこのあいだまで、親しい人の電話番号を頭に記憶していたが、そんな余計な労力を使う人はもはやいない。このまま人間はどんどんバカになっていくのだろうか。潜在している能力を蘇らせる機会はないのか。憂えたところで私自身、予知能力以前の能力に関する問題が日々、急増中。昨日は自分のマンションの部屋に戻ろうとして、一階上の部屋の鍵穴に、鍵を突っ込みそうになった。ああ、私はどこへ行く……。

カッカカッカの夏

今年の夏は記録的な猛暑になるという。そういうニュースを耳にするや、たちまち身体の内部の温度がぐんぐん上がり、頭のてっぺんがカッカカッカと熱くなり始めた。さすがに今年あたりは治まるだろう。ここ数年、毎年そう思っては裏切られている。

最初に「あれ？」と思ったのは、たしか五十歳になるかならぬかの頃だった。冬の最中に前触れもなく、顔や首筋周辺から汗が流れ出した。ちょうど雑誌のインタビューを受けている途中だったので、質問に応えつつ、流れる汗をミニタオルで拭いていると、

「アガワさん、暑いですか？」

記者に聞かれた。

「いや、大丈夫。さっき、遅刻しそうになったので走ったせいだと思います」

汗はまもなく引くだろう。そしてまもなく、たしかに汗は引いたのだが、引いた途

端、今度は急激に寒くなった。ブルブル震えが起こるほどに寒いのだ。

「アガワさん、寒いですか？」

「いや、大丈夫。汗が引いたせいだと思います」

なにやら落ち着かない女だとさぞや先方は呆れたことだろう。恥ずかしい気持を残しつつも、その日はそれで終わった。が、その後、年に二、三回の頻度で同じような突然の「暑い！　寒い！」現象を経験し、ようやく自覚したのである。

「もしかして、これがいわゆる更年期障害か……？」

知識では知っていた。加えて同世代の友達の中に、私よりずっと早くから症状の出ている人がいたおかげで、「なるほどね。いつか私にも訪れるのね」という心の準備と覚悟ができた。さらに、私の場合は最初の兆候が表れて以降数年間は、一年に二、三回の「暑い！　寒い！」以上の症状は出なかったため、「もしかして私の更年期障害は軽いみたい」とお気楽に捉える余裕もあった。が、甘かった。

「寒い！」現象は消滅したが、「暑い！」現象は、どんどん激しくなっていった。年に数回だったものが、一日に数回、そしてピーク時には五分に一度ぐらいの頻度で訪れる。

「あ、忘れ物をした」と思った途端に、ジワジワとカッカカッカ。「原稿の締め切りが明日までだった」と気づいた途端に、カッカカッカ。「さてそろそろ出かける支度をしなければ」と顔にファンデーションを塗り始めると、カッカカッカ。ストッキングをはくとカッカカッカ。そのうち、何も心拍数を上げるようなことをしていないときでさえ、「来た、来た来た、来たぞ来たぞ！」と思う間に、みるみる頭が熱くなり、首の後ろから汗が流れ出し、しかし手足の先は冷たいという、典型的なホットフラッシュ現象を繰り返すようになる。

それでも、もっと辛い思いをしている女性の話を聞けば、私はマシなほうだと思ってきた。カッカカッカと燃えつつも、仕事を続ける気力はあったし、突然、泣きたくなったりイライラしたりと情緒不安定を自覚することもしばしばあったが、家に引き籠もりたくなるほどには至らなかった。ただひたすら、暑い。突然、暑くなる。これがあと何年続くのかと、それだけが苦になった。

「私も暑いお年頃になりまして」

少し歳上の女友達に話したところ、

「ああ、それね。だいたい十年は続くのよね」

ケロリと言われて愕然とした。十年って、そんな。生まれた子供が小学四年生になるまで耐え続けろってことですかい？

そして今、私は最初の兆候から数えれば、十二年目を迎えている。いちばん頻繁にカッカカッカしたピーク時から計算しても、ゆうに十年は過ぎたはずである。にもかかわらず、まだときどき来るのだ。それもことのほか夏の季節がよろしくない。気温が上がると体温も上がりやすくなるものなのか。そうでなくても暑いのに、この上、体内事情でカッカカッカとなった日にゃ、たまらないではないですか。

ホットフラッシュピーク年の夏に決心したことがある。まず、中途半端に額に垂れてくる前髪はバッサリ切る。イライラは元から絶つことが重要だ。そしてノースリーブの服を着る。そもそも尋常ではないほど太くて短い二の腕を持つ私は、ノースリーブで人前に出ることを極力避けて生きてきたのだが、そんな殊勝な気持を持つ余裕はもはやなくなった。「げ、腕、太い！」とどれほど周囲に驚かれようが、かまうものか。恥ずかしがっている暇はない。さらに、どうしても必要な場合、たとえばテレビに出演するとか雑誌の撮影があるとか、いい男に会うとか、ステキな会食に誘われたとか、そういうとき以外は、できるかぎりスッピンで通す。そういう顔だと相手に思ってもらう。だって暑いんですよ、肌にひと膜、なにかを塗るだけで。

　こうしてささやかな工夫をこらしつつ、どうにか頻繁なるホットフラッシュに対処してきた末、ここ数年は少しカッカカッカの回数が減ってきたかに見えるのだ。が、どうやら今年の夏は異常に暑くなるという。そういうニュースを耳にして以来、またもやカッカカッカが復活してきたきらいがある。

　隗(かい)より始めよ。私は再び決心した。だから皆様、この先、アガワの前髪がなんだかヘンチクリンだと思っても、どうか見過ごしてください。異様に太い二の腕を間違って目撃し、「げ、太い！」と呆れても、「見てはいけないものを見ただけだ」と即座に忘れていただきたい。そして街角で、「あいつ、スッピンだな」と気づいたら、「大丈夫、変わらないじゃない」とニッコリ声をかけてくださいますように。なにしろ、つらいのよ。

床族

「アガワさんって、なんでも床に置くの、好きですよね」

あるとき秘書のアヤヤ嬢にそう指摘されて気がついた。正直なところ、そのとき初めて気づいたわけではない。前々から自覚はあった。そもそも片づけ下手だというせいもあるけれど、片づける時間がなくなると（いつもないんですけどね）、とりあえず床に並べておこうという意識が働く。

私とて、まず最初は机の上に置くのである。仕事の資料、校正用原稿、届いた本、雑誌、手紙類、到来物の送付状、新聞……。重ねると紛れてしまうので、種類別の山に分けておく。するとたちまち机がいっぱいになる。

そういう傾向はずいぶん前からあった。だからこそ十年ほど昔、一人暮らしにしては贅沢かと思うほどの大きなテーブルを購入した。その上で大人一人が大の字になって寝られるほどの大きさだ。これだけ広ければ何でも置ける。大きな花瓶も本も書類も。文具も爪切りも耳かきも。こちらの隅で原稿の直しをしながら、あちらの角でインタビュー用の資料を広げ、いずれも広げたままの状態で、端っこで食事だってできる。どうじゃ、余裕余裕。

　ところが一年もすると、巨大机の半分は、常時、何かで占拠されている状況になっていた。残った半分のスペースは臨時的に何かに占拠される。つまり、テーブル全体が、いつも何かで覆われている有様だ。

「さて、ご飯にしよう！」

　ちなみにそのテーブルは仕事机でもあるが、基本的には食卓である。だから夕方になると、その上にテーブルマットを広げようと思う。が、テーブルマットを敷くスペースがない。さて、あなたならどうしますか？

　そうです！　正解です！

　とりあえず、テーブルの上に散乱している資料、本、仕事の依頼状、手紙や雑誌をガバッとつかんで、床に並べておこうと思うのが、人間の性（さが）というものでしょう。

「それが『とりあえず』の処置ならば、食事が終わったあとは、また机の上に戻せばいいんじゃないですか？」

いい質問です。しかし、想像してみてください。食事が終わってお皿を片づけて、テーブルマットを所定の位置にしまい、さらに台拭きで丁寧に汚れを拭き取ったあと、我が自慢のテーブルがどういう景色になっているかを。

半分のスペースが、すがすがしく広がっている。黒々としたテーブル本来の美しき表面を輝かせているのである。

「あー、いつもこれくらいテーブルがすっきりしているといいのにね」

そういう感慨にしばし浸ると、せっかくスペースのできたテーブルを、またごちゃごちゃとした書類で埋めたくなくなるのだ。

こうして私は暫定措置として床に移動させたごちゃごちゃの紙類を、そのまま床に留まらせ、歩行の妨げとなるならば、壁に沿った床面に、「これは明日のインタビュー資料、これは明後日の対談資料、これは来週の仕事の台本」といった具合に、順序正しく並べ替えておく。うーん、なんとわかりやすいことか。

「でもそれが、どうして床なんですか？　棚に置くとか、抽斗（ひきだし）にしまうとかすれば？」

有能秘書アヤヤにさらに突っ込まれる。そこで私も考えた。なぜ、私は床に置くと落ち着くのか。

「だって棚の上に置くと、よく見えないじゃない」

「棚でも見えますよ」

そこで発見した。身長百五十センチを切るチビの私にとって、頭の上のほうにあるものは、視界に入りにくいのである。

だからか……。と、さらに合点した。思えば私は電車や飛行機に乗っても、座席の上の棚に荷物を置くのを躊躇する癖がある。まず頭上に重い荷物を置くのに労力を要することもあるが、いったん頭上に置くと、置いたことを忘れる危険がある。足下に置いておけば忘れる心配がない。

「でも、足下が邪魔になりませんか？」

邪魔にならないわけではないけれど、棚に置くより安心感がある。

思えば、私は高校時代、忘れ物係として優秀だと言われた。修学旅行で宿の大食堂の畳の上に残っているハンカチやしおりや本などを食事のあとに見つけて、

「誰か忘れてませんか？　忘れ物がありましたよぉ」

各部屋を回ってたいそう感謝されたものである。

思えば、スキーに行って山頂から滑り降りてくるとき、落とし物を拾うことが多か

った。リフト券、手袋、千円札を拾ったこともある。

「アガワって、落とし物を見つけるの、得意だね」

そういうことか。背の低い人間は、床や地面が近い。だから足下はよく見える。大事なものを本能的に床に置きたがるのは、棚より断然、よく目に留まるからである。

世の中にはきっと、床族と棚族がいるのだと思う。棚族は、なんでも上のほうに置きたがる。足下より、上部のほうが視界に入りやすいのだろう。もちろん私は床族に属する。そして私の家の床は、今日もたくさんのものに溢れ、それらが目に留まるたび、私は嘆息するのである。あーあ、生涯に一度くらい、床になにも置いていない生活がしたいものだと。

虫の好く女

　はばかりながら、虫のハナシをしたい。

　どうも私はこのところ、バカに虫から好かれている気がする。そもそもは母の住む家にダニが発生し、それは今に始まったことではなく、だいぶ以前からの悩みであった。古い木造家屋ゆえ屋根裏をネズミが走り回っていることが要因らしいのだが、ときどき母の家に泊まると、必ずと言っていいほどダニに食われて帰ってくる。

「あーあ、またやられちゃったよぉ」

　赤く腫れ上がった箇所を、掻いてはいけないと思いつつ、こっそりコキコキ掻きながら嘆息することが幾度あっただろう。

　夏場はダニに加えて蚊にも刺される。しかし蚊は、刺されてすぐにプワッとふんわり赤く腫れ上がり、刺された直後から痒くなるのに対し、ダニの場合、刺された瞬間は気がつかない。しばらく経って、「あれ？」と痒みを覚え、よく見ると小さな赤い点があるぐらいのものだ。その時点でたいしたことがないと思ったら大間違い。その小さな点がじわじわと、だんだんと、大きく広がって、色もどんどん濃くなって、芯がかたくなり、だいたい直径一センチ以上になった頃には、どうにもこうにも痒くてたまらない。痒み止めの薬を塗っても治まらず、腫れはさらに広がって、そのつらさがだいたい一週間ほど続く。

さてこのたび、どうもまた母の家でダニにやられたと思い、自分の家に帰ったのち、

「またダニに食われちゃったけど、母さんたちは大丈夫？」

母と、母の面倒を見てくれているまみちゃんに電話で問い合わせたところ、

「最近はあまり刺されてないわ」

とのお返事。

「じゃ、私のお肉が新鮮だったのかな。ほっほっほ」と冗談で痒みを紛らわせていたが、それから数日後。また新たなダニの痕跡を発見した。が、その週は母の家を訪ねていない。

「もしかして母の家にいたダニをこっちに連れてきちゃったのかしら……」

今回は恥ずかしながら胸の脇と臀部(でんぶ)という、極めてお肉のやわらかいところを狙わ

れた。出先にても猛烈な痒みに襲われる。打ち合わせをしながら、はたまたテレビ局のスタジオで収録中、無性に痒くなる。さりげなく服の皺を取るような素振りをしながら掻いてみる。が、気づかれていないと思いきや、けっこう他人は見ているものだ。

「掻いてましたね。刺されたんですか」

そうか。ばれておったか。うん、痒いんですよと、そこまでは答えられるけれど、「ダニ」とは白状しにくい。え、アガワさんち、ダニがいるの？　やだー、不潔ぅと言われそうで躊躇する。「何に刺されたのかなあ」なんてごまかしながら、またさりげなく、掻く。

そうこうするうち、私は仕事でウィーンに旅立つこととなる。もちろん痒みとともに。長時間のフライト中も毛布の内側でさりげなく、掻く。しかし痒みのピークはだいぶ治まりつつあった。そろそろ楽になるな。と思っていた矢先、飛行機を降り、ホテルに着いた頃、新たなかゆかゆポイントが増えていることに気がついた。

バスルームの鏡に映して確認すると、今度は背中と、腰である。しかしこれはダニではなさそうだ。痒みの度合いがダニほど強烈ではない。ならばノミか？　強烈ではないと言いつつ、やはり痒い。持参した痒み止め薬を、そろそろ治まりつつある胸の脇と臀部、そして新たな背中と腰に塗りつける。そしてウィーンでの取材中も、合間を見てはポリポリ。

その日の取材が終わりかけた頃だった。お手洗いへ行って、発見したのである。

「ギャッ!」

思わず声が出た。なんと申しましょうか、股の内側の、実にもってデリケートな箇所が赤く大きく腫れているではないですか。しかも猛烈に痒い。これはなんじゃ? 刺された跡が四個、結集している。ノミでも蚊でもない。まさか南京虫か? どこでいつ刺されたのかも判然としない。ここもまた、日を追うにつれて痒みが増し、しかもなかなか治まらない。

そして……。ウィーンの、それは清潔かつきれいなホテルの室内にて夜、寝ていたら、なんだか顔のまわりを飛んでいる虫がいる。一匹ではない。何匹もいる。電気をつけて見てみると、小バエのような小さな虫だ。なんでこんな虫が大量発生しているのか。室内を見渡して理解した。巨大なアンスリウムの植木鉢から発生しているらしい。しかたなくその晩はそのまま寝たけれど、翌日、旅仲間に協力してもらい、植木鉢をバルコニーに運び出し、やれやれ今夜は安心して寝られると思った。が、どうも残党が室内にいたようだ。夜中、鼻の中に飛び込んでくる。そのたびに目を覚まし、鼻をかむ。なんでこんなに虫に好かれるのか。ほとほとくたびれて、でもまあ楽しいウィーン取材を無事に終え、自宅に戻った翌朝のことである。

「また、刺された！」

ベッド周辺を、親の仇とばかりの執念で掃除機をかけながら、秘書アヤヤに訴えると、

「え、また刺されたんですか？　アガワさん、身体に飼ってるとしか思えませんねえ」

え、私が虫を身体の内部に飼っているのか？　やめてよね。でもあれから一週間、胸の脇と臀部と背中と腰と、そして帰国直後に刺された太腿内側の痒みがようやく治まりかけた今朝、

「まただ！」

腰の上部に新たな赤い膨らみができている。やっぱり私は虫を飼っているのか。あ、こうして原稿を書いていても、あっちもこっちも、刺されていないどっちもそっちも、痒い、痒い、痒いよぉ。

旅のあと

前回、虫のハナシにかまけて、ウィーンの旅のことを伝えそびれた。

ウィーンを訪れるのは、今回が三回目であった。三度も行っているのに、さてどんな街だったか思い出そうとすると、曖昧な映像しか浮かんでこない。一回目はボスニア戦争取材のためにザグレブへ赴く途中、飛行機乗換の都合でウィーンに一泊しただけで、街中の思い出はほとんどないに等しい。そして二回目の訪問のときは、立派な街路樹のある道沿いのホテルに泊まり、そこからオペラ座へパヴァロッティのオペラを観にいったのだが、パヴァロッティが体調不良とやらで開演直前にドタキャンされ、チケット代を払い戻してもらう手立てにあたふたしたこと、あとはアウガルテン専門店にて高価なデミタスカップを買ったことぐらいしか覚えていない。

とかく旅の記憶は断片的であり、ときに滞在したホテルとその周辺、あるいはホテルと空港と訪れたレストランの景色ぐらいに留まりがちだ。まして仕事で行った場合は移動を他人様の運転する車に頼ることが多く、街の広さや造りを把握するのは難しい。

「やっぱり地図を片手に自分の足で歩かないと、その土地のことはわからないねえ」

旅をするたび同じ台詞を吐いている気がする。そのくせ結局、実行しないのだから土地勘が身につかないのは当然だ。ダメですね。

で、今回の旅も、テレビ番組の取材だったため、スタッフともども移動はいつもマイクロバス。取材先の周辺はそぞろに歩いてみるけれど、撮影が終わればまたバスで移動。窓からの景色を眺めつつ、あ、昨日もこの道、通ったねと、その程度の理解となる情けなさ。

さてしかし、今回の旅では珍しい場所を覗くことができた。取材の目的はウィーン美術史美術館を訪ねることにある。所蔵されている、クラーナハを中心とした十六世紀の絵画を数点、しばらく拝借し、上野の国立西洋美術館で展覧会を催すことになった。その広報番組制作のための旅である。レポーター役を務める私は、学芸員に絵の解説をしてもらうだけでなく、絵画修復室にて、修復風景を見学するチャンスにも恵まれた。

その時代、絵画は布のキャンバスに描かれたわけではない。ベニヤのような薄い木の板に直接、絵の具を塗っていたのである。なんて、ちいっとも知らなかった。木の板に描かれた絵は年月とともに変形していく。それを防ぐため、十九世紀の頃より絵の裏にギプスのような当て木をしたり分厚い板を格子状に張ったりして、なんとか歪まぬよう保ってきたのだが、今はまた、新たな技術を駆使して、しかし表の絵には悪影響を及ぼさないよう、薄い板絵の裏を、それは慎重に強化させているという。絵画の修復と言えば、絵そのものの剝げた部分を塗り直したり、損傷した箇所を補強したりするものだと思っていたが、絵の裏側にも丁寧な修復が施されていたのかと驚いた。

「そこまでしてやっと修復し上げた大事な絵を、はるか海を隔てた海外に送るのは、さぞや心配でしょうねえ」

質問したところ、いえいえ、多くの日本の皆さんに見てもらうことが我々美術館スタッフにとっては何よりの楽しみですと、リップサービスしてくださったけれど、その笑顔の裏には、「よくよく扱いに注意してもらわないとね」という気持が隠れているように窺われた。

ちなみにウィーンから飛行機で日本に到着したのち、しばらく絵画の梱包は解かれ

ないのだという。なぜならば、

「その土地の環境に慣らすためです」

運搬するにあたり、絵画をまずクライメイトボックスと呼ばれる強靭(きょうじん)なアクリルのケースに納める。気密性を高めて、外気に影響されないようにするためだ。さらに外側を輸送用の木箱で覆う。それも二重に覆う。こうして旅を終えた絵画は、目的地に到着したのちも、アクリルケースと二重の木箱に納められたまま、しばし美術館の収蔵庫に寝かされる。

「どれくらい寝かすのですか?」

聞くと、

「場所や絵画の性質によって違いますが、だいたい二十四時間から四十八時間。そのあと、一枚一枚、少しずつ梱包を解いていくのです」

そうだよね。絵画だって見知らぬ土地へ移動したら、疲れるよね。そう思ったところで、合点したのである。

絵画が長距離移動に疲れるなら、人間が疲れるのも無理ないではないか。どうも寄る年波に海外旅行がつらく思われるのは、もしやそのせいだったのかと気がついたのだ。時差呆けだけではない。異なる気温や湿度に身体は相当のダメージを受けている。

「やっぱりさ。飛行機で移動したあと、すぐに働かないで、せめて二十四時間くらい、私たちもガラスのケースに入って白雪姫みたいにゆっくり休養する必要があるんじゃない？」

修復室の取材を終えてマイクロバスに乗り、仲間のスタッフにそう提案してみたのだが、

「ホントですよねえ。こんなハードな取材、身体に悪いですよね」

そう応えながら、私を次の取材先へと追い立てるのであった。そして三泊五日のあたふたウィーン取材を終えて日本に帰ってくるや、たちまち別の仕事が待っていた。

「やっぱりさ。長距離移動のあとは、しばらく休養したほうがいいらしいよ。絵画だって疲れるんだから」

仕事仲間の誰に話しても、「へえ、そうなんですか。絵画の梱包って、そのためもあるんですね。面白いですね」。

感心はしてくれるが、休養タイムはくれないのね。

遮断

気仙沼へ行った。

東日本大震災以来、気仙沼に友達が増えた。格別、熱心な支援活動をしているわけではないけれど、なんとなく連絡を取り合ったり、東京で会ったり、東北の物産を売る手伝いをしたり、鮮度のいい秋刀魚（さんま）や松茸を送ってもらったりしているうちに、親戚のような間柄になってしまった。

で、今回、「たまにはこちらから会いに行こう！」という話になり、東京の仲間ともども当地へ赴いて、今後の町づくりなどについて懇談をし、その夜、仮設住宅の居酒屋にてさんざん飲んで歌って騒いで、翌日、帰京する前に、

「アガワさん、帰る前に防潮堤を見ていってくださいよ」

地元の若者（でもないか。すでに四十歳を超えている）ユー君に声をかけられ、

「そうそう。防潮堤は今、どんなことになってるの？」

興味が湧いて、ユー君をはじめとする心身屈強なる地元の青年たちに車で連れていってもらったところ、まあ、仰天しましたよ。

震災後、行政サイドから、「宮城県の海沿いをすべて防潮堤で囲む」という案が出たとき、「そんなことをしたら、陸と海が遮断されて、生活の一部であるはずの美しい景色が見えなくなる！」と憤慨したものの、津波に襲われた人々の恐怖を思えば、よそ者が無責任なことを発言する立場にはないだろう。どうなるんでしょうねえと危惧しつつも推移を見守るしかなく、その後、地域によってはいくつかの「見直し案」も出たと聞いていたので多少は良い方向へ向かっているのかと安堵して、いつしか五年半の月日が過ぎていた。が、このたび、建設途中の防潮堤を見て、愕然としたのである。

これじゃまるで、刑務所の中じゃないか！

なにしろ高さ八メートル（場所によって違うらしいが）ほどの分厚くて巨大なコンクリートの壁が、あちらこちらの海岸沿い、川沿いに続々と立ちつつあるのだ。場所によっては、陸側に住居も畑もなく、小高い山があるだけ。「こんなところに防潮堤が必要なんですか？」という地区にまでコンクリートの壁がそびえ立っている。

よく見ると、その高い灰色の壁面のところどころに、四角い小さな窓がついている。

「これはなに?」

聞くと、

「住民が行政側に、こんな高い壁ができちゃったら海が見えなくなると文句を言ったら、『じゃ、窓をつけましょう』と。つけられたのが、この窓。ここから海が見えるでしょって」

たしかに窓から覗くと、透明アクリルの向こうに海と漁船が見渡せる。だが、本当に津波が来たときは、この窓を突き破って波が押し寄せることになるだろう。それはいいのか? 理解に苦しむ妥協案だ。

コンクリートの冷たい壁に身を押しつけて、私は窓から海を眺めてみた。たしかに海が見える。でも潮騒の響きも潮の香りも風も光も届かない。まるでパソコン画面に映し出された「海」という動く映像を見ているようだ。

行政サイドの言い分を直接聞いていないし、このかたちになるまでにはさまざまな議論が重ねられてきたのだろうから、一刀両断に「ダメだね」と否定はできないかもしれないが、それでもやはり、哀しくなる。情けなくなる。気仙沼に住む子供たちにとって、「海を五感で感じる」場所が、これからはどんどん少なくなっていく。

かつて建築関連のシンポジウムに司会として出席したときに、さる高名な建築家がふと呟かれた。

「僕は高度成長時代にたくさんの高層ビルを建て、自分でも素晴らしい仕事をしたと誇らしく思っていました。そして自分の建てたビルの高層階に自らの事務所を作りました。でも、仕事場で机に向かってしばらくのち、ふと窓の外を見たとき、驚いたのです。激しい雨が降っていた。でもそのことに僕はまったく気づいていなかった。どうやら何時間も気づいていなかったらしい。それは僕にとって衝撃的なできごとでした」

建築家は、外の天候がどうなっているか、暑いのか寒いのか、そよ風が吹いているのか、花の香りがするのか、まったく感じないまま建物の中にいたことに、たいそうショックを受けたという。そして、そういう建物に住まうことは人間にとってよろしくないと反省し、その後、事務所を移したとおっしゃった。そんな、ねえ……と、突っ込みたくなる疑問はいくつか残るものの、しかしその建築家の発言に私はハッとしたのを覚えている。

子供の頃はしじゅう窓を開けていた。エアコンのない時代はもっと頻繁に開けていた。朝、起きると雨戸を開け、ガラス戸を網戸に替え、家じゅうの空気を交換するのが日課だった。夏休みに広島の伯母の家へ行くと、それこそ家の隅々の窓が開け放たれている。網戸のない窓も全開だ。

「やだ、伯母ちゃん、蚊が入るから閉めるよ！」

私は窓を開ける伯母の後ろにくっついて、窓を閉めて回るのだが、

「なに言ってるの。風が入って気持いいでしょ。クーラーなんかつけなくたっていいの！」

よく叱られたものである。冬は冬で、

「やだ、伯母ちゃん、寒いよぉ。窓閉めて！」

文句を言うと、必ず反論された。

「なに言ってるの。北風に当たらないから風邪を引くんですよ！」

今、自宅でも年間を通して窓を開ける回数は減っている。暑いから。寒いから。虫が入るから。空気が悪いから。音がうるさいから……。人間は自らを守るために外界を遮断する。でも、それでいいのかと、ときどき不安になる。

あるべき髪型

五年ぶりに美容院へ行った……つもりだったのだが、「来店記録を見たら、アガワさん、三年ぶりですね」と店のスタッフに言われ、思っていたほどの長期耐久記録ではなかったことが発覚する。

ちょっと恥ずかしかった。

なにしろあちこちに「私ね、美容院へ五年行ってないんだ」とやや得意げに吹聴していたからである。この場をお借りして訂正させていただきます。三年ぶりでした。

久しぶりに朝から夕方まで、出かける仕事も締め切りの迫った原稿もゴルフの予定もなく、ぽっかり時間が空いたので、ふと思いついて久しくご無沙汰していた美容院に電話をしてみたら、運良く予約が取れた次第。それにしてもなぜ私が長きにわたって美容院へ行かなかったか。行かずに髪の毛をどう始末していたか。

その件については以前もどこかに書いたので、やや重複するのをお許しいただけるならば、つまり美容院へ行かない間は自分で髪の毛を切っていたのである。

「えー？　ウッソー！」

たいていの人はそんな具合に驚く。そして私の髪の毛を見て、「本当に自分で切ってたの？　上手ぅ！」と褒めてくださる。それがちょっと嬉しい。我ながら、けっこう上手だという自負がある。

「前髪はともかく、後ろなんか、自分で切るのは難しいでしょうに」

そう言われると、さらに嬉しくなり、

「簡単、簡単。こんな具合に鋏（はさみ）を縦にして髪の間に差し込んで、少しずつ切っていけばいいの。最初のうちは鋏の切っ先で皮膚を切っちゃいそうで怖かったから、先の丸い鼻毛切り用を使っていたんだけど、今はヘアー専門の鋏を使ってるのよ」

自慢話はまだ続く。

「まあ、失敗したら、適当にごまかして。またいずれ伸びるんだから」

加えて私は悟りを開いた先達のごとく、

「でもね、髪の毛を切るのって楽しいもんですよ。気分転換になるし。こまめに切れるから、いつも自分の好きな長さに保てるでしょう」

これは真実である。たとえば前髪だけ重くなってきたとか、襟足あたりの伸びが早くて煩わしいとか、そういうときにチョチョッと部分的に切れば、すっきりする。

美容院から足が遠のいた理由はいくつかある。まず、親の介護に忙しくなり、まとまった時間を作りにくくなった。女性の場合、カット、カラーリング、パーマを同日にやってもらおうとすると、どうしても三時間近くを要する。いざ、「行こう」とこちらが突然その気になっても予約の取れないことが多い。加えて視力が落ちたことも美容院へ行かなくなった要因の一つだ。頭をいじってもらっている間に、原稿の直しをしたり対談の資料読みをしたり、あるいは洒落た雑誌を読んだりしていれば、「時間を有効に使った」という満足感が得られるのだが、いずれをするにも老眼鏡なしには実行できない身となった。が、カットやカラーリングやパーマをやってもらっている最中に眼鏡をかけることはできない。

そんなこんなの理由が重なって、いつのまにか月日が過ぎていたというわけである。

実際のところ、この「美容院疎遠」傾向は五年前ぐらいから始まっていた。途中、今から三年前（だそうだが）に一度だけ、やはり突然、時間が空いてプロの手に委ねたことがある。それまで私が「自分で切っているの」を豪語していたとき、「アガワさん、美容院いらずですね」とさんざん褒めてくれていた仕事仲間の前に出て、「昨日、久しぶりに美容院へ行ってきた」と報告したところ、皆が私の頭に視線を向けながら、静かに呟いたのである。

「やっぱり、行ったほうがいいね」

なんですか。これまでの賞賛の言葉の数々は、なんだったのだ⁉

さて、三年ぶりとなる今回は、まわりからどんな反応を受けるであろう。

「はい、終了です。どう？」と馴染みの美容師さんに手鏡を差し出され、鏡に映る自分の髪型を前から後ろから、じっくり見つめたその瞬間、私は心の中で自らに語りかけた。

「やっぱり、来たほうがいいよ、アガワ君」

初めてパーマをかけた日は、たしか二十代の半ば頃だったか。美容院からの帰り道、電車の窓に映る自分の顔が、とてつもないオバサンに見えて、涙が流れそうになったことを思い出す。パーマなんてかけなければよかった。私にはストレートショートがいちばん似合うんだ。私は再認識して、パーマをかけたことを長い間、後悔した。

初めて茶髪にしたのは三十代の終わりである。染め上がった頭を鏡に映した直後、私はわめいた記憶がある。これじゃ親に合わせる顔がない、いや、顔じゃない、頭だ。まるでタカラジェンヌか、はたまた不良中年のようではないか。恥ずかしくて情けなくて、そのときも泣きそうになった。日本人に茶髪は似合わない。白髪が増えても無用な茶髪でごまかすのはよそう。そう決意したような気がする。

しかし今、オバサンとなって幾星霜。私にはクリンクリンのウェイブも、白髪隠しの茶色がかった頭髪も、なぜかしっくりくる。もちろんパーマ液や染色剤などの薬品の進歩と美容師さんの優れた技のおかげではあるのだが、同時に私の顔に、黒髪のストレートヘアーがそぐわなくなったせいだと思われる。その現実を、鏡に映る我が顔をまじまじと眺めつつ、納得した。オバサンには、オバサンらしくあるべき髪型があるのだ。

翌日、仲間の前に出て、私は言った。

「久しぶりに美容院へ行ったの」

すると周囲はただひと言、

「そう？」

だからどうしたという顔をされた。驚かれないのも、寂しいものですね。

もしもしインフルエンザよ

インフルエンザが猛威をふるうという噂は、どうも毎年聞かされている気がするが、今年こそ、本当なのだそうだ。嫌だねえと思っていたら、喉の片隅がチクリと痛くなった。くしゃみも止まらない。まずい。このまま症状が悪化したら今後の仕事に差し障る。ましてインフルエンザだった場合は仕事を休まなければならなくなる。

今になって告白するが、昨年、私は罪を犯した。朝、起きたら頭がボーッとして喉も痛む。熱を測ると三十八度。どうやら風邪を引いたらしい。風邪はできるだけ初期の段階で医者へ行くのがいちばんと思っている。さっそく私は近所の内科へ向かった。診察を受け、薬を処方していただいたおかげで翌朝、熱は下がったものの、万全の体調ではない。その日は午後から対談の仕事があったのだが、この程度の症状でキャンセルを申し出るのははばかられる。私は薬を飲み、マスクをして仕事場へ向かった。

「ちょっと風邪気味だけど大したことはないと思う。熱もないしね」

仕事仲間にそう告げて、対談を無事に終わらせた。その夜は早めに床についたのだが、翌朝、起きたら身体のあちこちが痛いので、再びクリニックへ赴くと、

「インフルエンザの検査をしてみましょう」

ちなみに私はインフルエンザ検査を怖いと思ったことはない。鼻の奥深くまで細長い棒を突っ込まれるという、想像しただけで鼻の奥が痛くなりそうな検査ではあるけれど、あれはおそらく「嫌だ！」と思った途端に鼻孔内部の筋肉が凝り固まり、棒の進入を拒否するから痛みを感じるのだろう。「ようこそいらっしゃいました」とおおらかな気持で棒の進入を受け入れて、同時に大きく息を吸い上げれば、案外、あっという間に終わると思いますよ。苦手な方は試してみてください。

さて検査の結果は、

「陽性です」

え、私、インフルエンザだったの？　判明した途端、不安が頭をよぎった。前日の対談相手にうつっていたら、どうしよう……。

「実は私、インフルエンザでした……」

事後申告するのも恐ろしく、しばらく黙って静かにしていたところ、対談相手をは

じめ、その日、私の付近をうろうろしていた仲間たちがインフルエンザで苦しんだという報告はどこからも届かなかったので、ホッとした。その節は申し訳ありませんでした。

それにしてもなぜ、最初の診察でインフルエンザとわからなかったのか。これはあとからお医者様に聞いたことだが、インフルエンザの検査にはタイミングというものがあるそうだ。高熱を発した直後だと検査をしても陽性反応が出ないらしい。その上、私の場合は関節の痛みはなく、熱も簡単に下がった。自覚症状としてインフルエンザとは思えなかったのだ。プロであろうとも、ごく初期の段階で普通の風邪とインフルエンザの違いを見極めるのは難しいようだ。油断大敵。よし、今年こそは予防接種を受けようと、冬に入る前までは心に期していた。が、光陰矢のごとしである。

「予防接種？　私はもうとっくに受けましたよ。去年、受けなかったらひどい目に遭ったんでね。お客さん、まだ予防接種してないの？　ダメだよぉ」

タクシーの運転手さんに叱られた。ついでに運転手さん、

「この前、お医者さんを乗せたときに教えてもらったんですけどね。風邪の予防はとにかく手洗いとうがいなんだって。でね、手洗いのとき、『もしもし、カメよ』を歌

いながら洗うのがいいんですって」

いいことを聞いた。私は帰宅するや洗面所に直行し、手のひらにハンドソープをたっぷりのせて水を少し加え、両手を擦り合わせながら歌い出す。

「もっしもっしカメよぉ、カメさんよぉ」

歌い始めて気づいたのだが、この歌は、速く歌えない。カメの歩くテンポを想像するせいか、ノッタノッタ歩を進めるカメのスピードしか出ない。ノッタノッタ歌いながら手を擦り合わせるうち、手についた石鹸の泡が次第に濁ってきた。たちまち幼い頃の手洗いを思い出す。子供の頃、家に帰って手を洗うと、いつも石鹸の泡が茶色くなった。こんなに汚れていたのかと驚いたものだ。土にまみれて遊ばなくなって久しいのに、それでも私の手はそうとうに汚れていることを知る。

続いてうがいに移る。入念に喉をガラガラしたあとは、鼻うがいも忘れずに。

そんな日々を送っていた矢先、喉がチクリと痛くなったのだ。早期治療が大事と思い、私はまた医者へ行った。

「喉が少し赤くなっていますね」

どうやら普通の風邪らしい。しかもかなり軽症だ。が、前回の例もある。

「あのー、来たついでにインフルエンザの予防接種をしていただくことは……？」

問うと、お医者様はおっしゃった。

「症状がつらくなければ打ちますよ」

ただし、この予防接種の効果が出るのは、だいぶ経ってからだという。

「だから本当はもう少し早くに打たないとあまり意味はないんですけどね」

あ、そうなんだと思いつつ、ようやく念願果たして接種した数日後、友達に教えられた。

「私も毎年、打つんだけど。打っておくとインフルエンザに罹（かか）っても普通の風邪程度の症状で済むんだって。でもそうすると、普通の風邪なのかインフルエンザなのか、区別がつきにくくなっちゃうのよ。困ったもんだね」

……そんな。

夢の中

八十九歳になる母は、ここ数年少しずつもの忘れが進んでいる。目の前で話をするぶんにはじゅうぶんにコミュニケーションが取れるのだが、ほんの数分前に話したこと、いた場所、やったことなどがみごとに頭から抜けてしまう。デイケアサービスで半日過ごし、夕方迎えにいくと、「あら、こんにちは」と私の顔を見てニッコリ笑い、靴を履き、「じゃ、さようなら」とスタッフの人に手を振って、私の車の助手席に乗ったほんの一分後、

「今日はなにしてたの？」

私が質問すると、

「別にたいしたことはしてないの。ずっとウチにいたから」

「いやいや、今、いた場所はどこだっけ？　覚えてない？」

「私、どこにいた？　ウチでしょ？」

こんな具合である。

ならば自宅にいれば安定しているかといえば、そういうわけでもない。時間や空間の認識が、ときどきあやしくなるらしいのだ。顕著な例は、夜中である。ハッと目を覚まし、突然、「お客様がいらしたわよ。ウチに入れてあげなくちゃ」。のそのそとベッドから起き出して玄関へ向かうので「おいおい」と慌てたことがある。

どうやら夢が継続しているようだ。そんな母の姿を見て、「いよいよ呆けが進んだか」と切ない気持になるいっぽうで、いやいや、そういうことは自分にもときどき起こるではないかと思い直す。

仕事で地方のホテルに泊まる。夜中にふと意識が戻り、はて、ここはどこだっけと思ったことは何度もある。けたたましい音に目が覚めて、慌てて目覚まし時計に手を伸ばし、スイッチを切ってもまだ音は鳴り止まない。どうしてだろうと薄目を開けてようやく気づく。携帯電話が鳴っている音だった、なんてことも頻繁に起こる。

夢から目覚めて現実の世界に意識を戻すまで、年を重ねるにつれて時間がかかるようになっていく。だとしたら、意識の混乱を起こす母を叱りつけるより、自然の成り行きと思っておおらかに見守ろう。母を見ながらいつも反省する。ただ、母の話が現実のことか夢の話か、聞く側としては区別をつけるのがなかなか難しい。

母ではないが、母よりさらに歳上の伯母が九十歳の頃、広島の家を訪れるなり、話し始めた。

「昨日ね、近くのお医者さんに行って待合室で待っていたら、ちっとも呼び出しがないの。ずっと待っているうちに誰もいなくなって、とうとう電気が消えちゃって。扉に鍵もかかって、待合室から出られんようになったのよ。もうどうしようかと思ったわ」

その頃、まだ伯母は一人暮らしができるほど元気だった。食事も作るし買い物にも行くし、格別、日常生活に混乱をきたす様子はなかった。だから私は真に受けた。

「ウソ！　看護師さんもいなかったの？」

「そうなの。みんな、帰っちゃったのよ」

「じゃ、どうやって待合室から出たの？」

「それがなんとかなったのよぉ」

このトンチンカンな話を聞いて、私は内科医のところへ文句を言いに行こうと思ったほどである。しかしまあ、無事だったのだし、どうやら誰かが見つけてくれて大事に至らなかったのだからいいかと、そのときは聞き流すだけに収めた。が、それからまもなく伯母の会話がところどころ不可解になっていった。あれは最初の兆候だったのだろうか。結局、真相が解明されることはなかったが、「待合室閉じ込められ事件」は今思うと、伯母の夢の話だったような気がしてならない。

ちなみにその伯母は、現在百八歳にしていまだに健在である。

さて、話を夢に戻す。年寄りにかぎらず、夢の中は不思議に満ちている。脳科学者の話によると、意識無意識によらず昼間、脳に入ってきた情報を、人は睡眠中に整理するという。たとえば長年、会っていない友達がなぜか夢に現れたりすると、何かの知らせではないかと不安になることがあるけれど、どうやらそれは、昼間にどこかでかすかに……、たとえば街でその友達と同じ名字の人に会ったぐらいのチラリ情報が、夢の中で呼び起こされるらしい。ところが、いつも心にかけている人間や、夢に現れてほしい光景はなかなか登場してくれない。なぜだろう。

今年こそ、初夢を見ようと思った。毎年、初夢にかぎって、朝、目が覚めた直後に忘れてしまうのだ。悔しいぞ。今年こそはと意気込んで寝たつもりだったのに、やっぱり記憶に留まらなかった。悔しいので、一日遅れにはなるけれど、今年は特例として、二日の夜に見た夢を私の初夢と制定することにした。そう思っていたら、「元来は二日の夜に見る夢が初夢という説もある」という話を聞いて、ますます期待は高まった。そして三日の朝、私は自分の見た夢をしっかりと覚えていた。その内容はこうだ。

なぜかたくさんの友達と一緒に旅先の豪華な旅館にいるのだが、そこで会う人会う人に、「アガワ、めちゃくちゃ太ったねえ」と笑われて憤慨し、鏡に映る自分の姿を見てみたら、本当に顔もお腹も胸もお尻もぷっくりまん丸になっていて、しかも髪の毛は短いおかっぱ。どうしてこんな姿になったのかと嘆いているところで目が覚めた。

これが私の初夢か。なぜこんな夢を見た。正夢になったらどうしてくれる。朝、シャワーを浴びながら存分に憂えたのち、ためしに体重計に乗って、愕然とした。完璧に一・五キロ増えていた。

思っていれば夢は必ず叶うなんて、そんなことがあるものか。いつも、思い通りにならないのが、夢である。

種族問題

かつてこの連載で「床族」について書いた。部屋に溢れた書類のたぐいを、私は床に並べる癖があるという話である。

もちろん最初はテーブルないしデスクの上に置くのだが、たちまち溢れ返るので、机上にスペースを作らなければならない事態が発生するたびに、……たとえば食卓として使うとき、あるいは来客にお茶を出そうとするとき、あるいはいただきもののステキなフラワーアレンジメントをドカンとテーブルの真ん中に置きたくなったときなどに、紙類をいったん床に避難させる。

この「いったん」が「ノーリターーン」になるのはどうしてか。それは、紙類が、「床はなんと住み心地がいいのでしょう」と喜ぶからである。「もうテーブルなんかには戻りたくない！」と叫ぶからだ。少なくとも、置いた私にはそう見える。彼らを日程順や内容別に床の隅に並べておけば、「えーと、明日の対談の資料は、この山だね」

と見分けがつきやすいし、ついでにその隣の一群に目をやって、「こっちが明後日締め切り原稿の関連資料だな」と、次なる展望も容易に開けるという具合だ。

でも、なぜ床か。首を傾げる諸氏も多いであろう。自分でもときどき、そう思う。さまざま考察した結果、一つわかったことがある。それは、私の背が低いせいではないか。

背が低い人にはご理解いただけると思うが、とかく視線の上のほうには目が届きにくくなる。反対に、身近に感じられる場所といえば、床なのだ。ふとした拍子に床に目をやれば、「おっと、明日までにこの原稿、書かなきゃ」とか、「あら、ここにあったのね、昨日届いた手紙は」とか、なにかと気づきやすい。

こうしてダラダラと、床族の特性ならびに優位性を述べたが、自らが「床族」を標榜してみると、面白いことに、他の種族の存在が明らかとなってきた。

私の身近な知り合いに、「掛け族」がいる。「掛け族」は自分の家に帰り着くなり、着ていたものを椅子の背に「掛ける」癖がある。コート、セーター、パンツ、シャツ、マフラー。衣類という衣類を総じて「掛ける」ことで処理した気持になるらしい。しだいに椅子は衣類の山と化し、座るスペースが消滅する。

「これって、いつまで掛け続けるつもり？」

訊ねると、

「うーん、いずれはハンガーに移そうと思ってるんだけどね」

思い出した。女友達にも一人、典型的な「掛け族」がいた。彼女は衣類を掛け続けたあげく、下段に埋もれたウール類に虫が喰い、「穴ぼこだらけになっちゃった」と嘆いていたものだ。その被害をこうむった一枚は、私がプレゼントしたショールである。

「穴があいたから、捨てた」

ケロリと言ってのけたその友の名は、ダンフミという。

さて、「床族」と「掛け族」ののち、私はさらに新たな種族を見出した。

「積み重ね族」である。

「積み重ね族」は、「掛け族」と似ているが、やや趣を異にする。対象は衣類より、むしろ書類である。

ここ数年、年老いた母を週に一回ほどのペースで我がマンションに宿泊させている。人は誰しも他人の家に行くと、いろいろ目につくものらしい。母の場合、自分の部屋

だってモノで溢れているくせに、私の部屋をじっと見渡して、

「なんでこんなにモノが多いの？」

さも困ったことと言いたげに、大きな溜め息をつくのである。

「すみませんねえ。片づけが下手なのは、母さんの遺伝だと思うよ」

そんなやりとりでごまかして、その場は収まったかに見えたのだが……。

私とて、ずっと母の行動を監視しているわけにもいかない。別室でパソコンに向かい、しばらくしてから居間に出ていくと、テレビを見ていたはずの母が、やたらにウロウロ歩き回っている気配である。アヤシイ。

「なにしてるの、母さん？」

声をかけると、「いえ、別に」。

そしてまた、

「この家はモノが多すぎるわねえ」

ニッコリ笑って私に手を振ったりしてみせる。

コトが発覚するのは、母の短期滞在を終えたのちである。

母が帰ったあと、なぜか床の面積も、テーブルのスペースも広がったように見えた。

不審に思い、よく点検してみると、私が日程別、内容別に分類して床に並べていた書類がほとんど一つの山となって積み重ねられていたのである。新聞も手紙も対談資料も企画書も到来物のチョコレートの箱も、ぜんぶ一つの山の中。

「参ったなあ」

私は眉をひそめてそれらを再び分類し、広げて床に置き直す。

「もう触らないでくれる？　大事な仕事の資料なんだから。混ぜないでね！」

翌週、母が来たときに、私はこんこんと言い聞かせる。その時点では、はいはい、わかりましたよと答えるが、いつのまにか、母はまた積み重ねてくれるのだ。

最近さらなる発見があった。いつも絵葉書や便箋類を収めている抽斗をなにげなく開けてみたら、中に小さなぬいぐるみがいくつも横たわっていた。冷凍庫を開けたら、大事にしていた削り節が出てきた。どこかの抽斗を引くと、思いもよらぬものが現れる。そのたびに私は、「お、こんなところに隠れていたか」と驚く。母は「積み重ね族」と「仕舞い込み族」のハーフだった。親子でも種族はだいぶ違うらしい。

週に一度、ウチに泊まりに来る母が、食事をしながら私の肩越しに壁のほうをじっと見つめてニヤニヤしている。

「なに、見てんの？」

母の視線の先を振り返りながら訊くと、

「あれ、なんとかしたらどう？」

なにを言っているのかと思ったら、私が棚の上に積んでいるぬいぐるみ軍団のことだとわかった。

「少し処分したら？」

母の言い分はもっともである。幼い子供がいるわけでもないのに、こんなにたくさんぬいぐるみを飾ってどうするつもりだと、自分でも訝しく思う。

もともとぬいぐるみを集める趣味があるわけではない。ぬいぐるみを抱かないと寝られない子供だった覚えもないし、ぬいぐるみ相手に遊んだ記憶も少ない。それなのに、いつのまにか、むしろ大人になってから、棚の上にぬいぐるみが一つずつ増えていったのだ。

いちばん大きなクマのぬいぐるみは、数年前に若くして亡くなったオンナ友達の形見である。その隣に白いウサギのぬいぐるみが二つ、肩を並べて座り込んでいる。一つはずいぶん昔に人からプレゼントされたものであり、もう一つはゴルフのヘッドカバーである。そうそう、ヘッドカバーがもう一つあった。『セサミストリート』に出てくるバートの顔つきカバーだ。ロスに住む弟が、「ねえちゃん、ゴルフするって聞いたからこれ、お土産」と言ってくれたのだが、ゴルフバッグからこの強烈な眉毛の濃いバートの顔が覗くのはちと恥ずかしい気がして、ずっと家に置いたままになっている。

『セサミストリート』もので言うと、カエルのカーミットのパペットがある。こちらは祖母の形見だ。そもそもは私が老いた祖母のなぐさみにと思い、ハワイで買ってきてプレゼントしたのだが、祖母が亡くなったあと、家を整理していたらヒョッコリ出てきたので、不憫（ふびん）になって持ち帰った。カーミットを見ると、京都人だった祖母が

「えらい可笑しいなあ、このカエル」とケラケラ笑ってくれた日のことを思い出す。

一時期、私はパペットに凝っていた。下から腕を入れ、パペットごと腕を胸の前に抱き込むと、まるで本物の動物を抱いているように見える。その格好で指先を動かし、パペットの首を傾げたり、口を大きく開けてあくびの真似をしてみせたり、腹話術師のように喋らせてみたりすると、

「わあ、上手ですね、アガワさん！」

と、みんなにたいそう喜ばれたので、その気になってあちこちで披露してみせた。その流れで外へご飯を食べに行くことになり、「この子も連れて行こうよ！」と、胸にクマのパペットを抱えたままレストランに入ったら、たまたま知り合いに出くわした。

「あ、アガワさん、ご無沙汰」

挨拶をされたので、

「ああ、こんばんは。この子、クマくんです。ほら、ご挨拶は？　こんにちは！」

パペットともども挨拶をしたら、相手は苦笑いをし、そしてまもなく噂が広がった。

「アガワサワコは人形とお喋りしながら外で食事をする趣味があるらしい。大丈夫な

のか、あいつは?」

しかたなく連れ歩くのを断念したのは、まことに残念なことであった。

水を差されたせいではないが、しだいに私のパペットブームも過ぎ去って、しかし「アガワはパペットが好きらしい」という噂だけは残り、いつのまにか我が家のパペットは総勢五匹になっている。

私の持っているぬいぐるみ……というか、人形のなかでもっとも古いのは、六十年近く昔のものである。ウェーブのかかった茶色い髪の毛を左右で三つ編みに結い、白いサテンのブラウスにチェック柄の吊りスカートをはいている。大きな茶色い目と赤く塗られた唇は、どう見ても西洋の顔だ。私が四、五歳の頃、母に連れられて横浜港へ赴いたことがある。ちょうど寄港していたイギリス客船に両親の知り合いが乗っていて、その人に面会するためだった。その折、船長さん(だと理解していたが定かではない)が可愛らしい西洋人形を私にくださったのだ。どうしてそういうことになったかはわからないけれど、おぼろげな記憶の片隅に、金ボタンのついた制服姿の大柄な外国人がガラスのショーケースから、足を広げて座っていた人形を取り出したときの光景が残っている。私は長らくその人形を大事にしていたが、あるとき広島の伯母

の家に預けた。なぜ預けたのだろう。覚えていない。大人になって伯母の家を訪れたら、

「これ、あんたが大事にしていた人形だから持って帰りなさい」

伯母に差し出され、以来、我がアパートに引っ越してきた。もはや肌は陽に焼けて、服もすっかり色褪せているが、茶色い大きな目でしっかりこちらを見つめる毅然とした表情は昔と変わらない。

「ほら、これ、カロニア号の船長さんにいただいたの、覚えてない？」

古びた人形を母の前に突き出して聞くが、母は「あら、そうだっけ？」とあっさりしたものだ。そしてまた、人形とぬいぐるみが肩寄せ合っているコーナーをじっと見つめて、言うのである。

「これ、なんとかしたらどう？」

そうね、多すぎるね。捨てなきゃね。そう思い、一つずつを手に取って、母がそっぽを向いている間に、私は少し配置を変えるだけでまた元の棚へ人形たちを戻す。きっと母はまた来週も食事をしながら言うだろう。

「これ、なんとかしたらどう？」

花と愛

私には「みどりのゆび」がない。

「みどりのゆび」を持っている者は植物を育てる才に長けている。モーリス・ドリュオン作の童話『みどりのゆび』でそのことを知った。チトという名の少年は、触れるとどこにでも花を咲かせる「みどりのゆび」を持っていた。その不思議な力を使って世界中の悲しい場所に緑の芽を出させ、希望と幸福をもたらしていく。その物語が好きで、私は植物を育てる才能のある人を見つけると、「いいなあ。あなたにはみどりのゆびがあるんですねえ」とひたすら羨望のまなざしを向けてきた。

私の母も、みどりのゆびの持ち主である。庭に出ては、あっちの花を陽の当たる場所に植え替えたり、そっちの野草をどっちの土に植えようかしらと悩んだり、年がら年じゅう、スコップ片手に庭を歩き回っていた。歳を取り、みどりのゆびの感覚が多少にぶってきたせいか、ときどき植え替えをしすぎて枯らすこともあるが、それでもウチの庭には季節ごと、今でも可憐な花や緑が溢れている。

母が種から植えた枇杷（びわ）の木は背丈を超える高さになっているし、到来物の切り花さえ、ものによっては土に根付かせることもある。昔、私が知人から分けてもらったスイカズラの蔦（つた）を「母さんに任せる！」と手渡したら、庭のフェンスに絡んで伸びて、お隣の家の灌木にまで絡みつき、初夏になると甘い香りをあたりいっぱい漂わせるほどに成長した。

春先の楽しみは、庭一面にハナニラの白い花が、それこそ、花畑かと思うほどに咲き乱れることだ。

「なんにもしてないのに、勝手にどんどん増えていくのよ」

私がハナニラ軍団に感激して褒めると、母はいつもそう言って、さも花を育てるのは容易（たやす）いとばかりに笑うのである。でも娘の私には、そういうことが、できない。

私とて、花を愛でるのは好きである。しかし、育てようとすると必ず失敗する。たいして手をかけずともよく育ちますよと花屋さんに太鼓判を押された観葉植物でさえ、枯らした実績がある。

私にはみどりのゆびがない。そう思い定めて、近年は土のついた植物を家に飾ること自体、避けるようにしていた。

とはいえ、冬になるとどうしても欲しくなる鉢植えがある。シクラメンだ。

去年のクリスマスの頃、花屋さんにシクラメンの鉢植えを二つ注文し、一つを母に贈り、一つは私自身が育てることにした。ガラス戸の近くに置き、毎日のように愛でた。緑の葉も赤い花も凜として力強く生きている。今年こそは長持ちさせよう。冬の室内に豪華なシクラメンの鉢植えのある姿はいいものだ。そう思いながら見守るうち、日を経るにしたがって、花が一本、そして一本とお辞儀をし始める。真っ赤だった花弁がくすみを増す。

「そろそろ抜こうかしらね」

寿命と思われる花を一本ずつ、根元をひねって抜いていく。あんなにたくさんあった赤い花々は、いつしか減った。しかも、次に続くべき蕾が、ないわけではないのだが、蕾のまま枯れていく。かろうじて首を出した花も、最初から色が薄くて弱々しく、とうてい美しいとは言いがたい。元気だった緑の葉も、端のあたりがしだいに茶色くなり、茎も細々としている。

「おかしいんです。水をやりすぎないように注意しているつもりなんですけど」

我が秘書アヤヤが悲しそうに呟く。彼女には、以前から私にない「みどりのゆび」があると定評があった。実績もあった。アヤヤドクターに任せておけば大丈夫。そう思って私は手を出さないようにしていたのだが、どうもドクターの様子を後ろで見ていると、気になるのか頻繁にシクラメンの葉をいじり、茂みの奥を覗き、蕾に触れている。もしかして……。「みどりのゆび」を持たない私は思い切って発言した。

「あやちゃん、愛をかけすぎなんじゃない？」

するとアヤヤが返答した。

「そうですかねえ。触りすぎですかねえ。じゃ、私はもう手出ししませんから。あとはアガワさんにお任せします！」

あっさり戦線離脱を宣言されてしまった。しかたあるまい。批判した責任もある。「みどりのゆび」のない私は考えた。まず、以前、人に教わった水やりの方法を試してみることにした。土の上から水をかけるのではなく、水を張ったバケツ（私は大きいボウルを使う）に鉢ごとしばらくつけておく。さらに、家の中に置くのを止め、気温は低いができるだけ、直接太陽の当たるバルコニーに出す。

「これでしばらく様子をみよう」

自信があったわけではない。どうせまた、枯らしてしまうのではないかという危惧はあった。ところがである。

ここ数週間の間に、私の荒療治の効果が出てきた。それまで小さいうちに枯れてしまった蕾が、徐々に大きく逞しく成長し始めたのである。葉も同様、みるみる息を吹き返していくではないか。葉がふんだんに育ちすぎて、せっかく出てきた蕾に陽が当たらなくなってきた。そこで今度は間伐作業に入る。ごめんね、葉っぱちゃん。花の犠牲になっておくれ。すると、これまた功を奏したか。蕾の成長に勢いがついた。

私は嬉しいぞよ。自分には「みどりのゆび」がなく、花に好かれないタチだと長らく悲観していたが、かすかな自信が湧いてきた。今、赤く育ちつつある蕾が全部で十二本。あと数日で、きっと買ってきたときと同じような美しさを取り戻すであろう。

今なら人に教えてあげられる。

「花はね、愛情を注がなければ育ちません。でも愛をかけすぎても育たないのです。ときには寒空に放り出さないと。人間と同じね」

「ですね」幻想

「共有幻想」というものは、人類以外の生物にはない概念であり、人類が進歩を遂げたのは、この「共有幻想」があったおかげである。知り合いのとある博士が、「『サピエンス全史』という本に書いてあったの」と教えてくれた。

私は『サピエンス全史』を読んでいないが、その概念については歴代、さまざまな哲学者や思想家の解釈があるらしく、一つの意味に限定されるわけではなさそうだ。だから私も、その博士に話してもらったとき、「面白いな」と思い、それから自分なりに解釈してみた。

たとえば人が共通の夢を抱く。幸せになりたい、便利な生活がしたい、稼ぎたい、平和を維持したい、試合に勝ちたい……。その夢を実現させるため、「よし、みんなで頑張ろう！」とシュプレヒコールをし、ルールができて、共通の価値観が浸透し、力を合わせ、努力をし、一つ一つの小さな達成感を明日へのエネルギーに変え、その結果として国家や政治や運動や宗教が生まれる。あるいは科学が進歩する。不可能が可能になる。地震に強い建物が建ち、持ち歩くことのできる電話ができ、治らないと言われていた病気が治るようになる。

なるほどね。たしかにね。私は納得した。しかし同時に思った。

「共有幻想」があるからこそ、妬みやヒガミや恨みの感情が増すのではあるまいか。一緒に頑張ろうって言ったのに、気がついたら私だけ置いてきぼり。みんな、ずるい！

どうしてあなただけ先に行っちゃうの？　私はついていけません。どうせ私は無能なんですよーだ。

といったことが起こるのは、「共有幻想」の引き起こす現実ではないだろうか。

花は嫉妬しない。満開のバラの陰でひっそり咲くレンゲの花が、隣のバラに向かって、「ちょっとそこのバラ！　なんでアンタだけ太陽の光をいっぱい浴びて、華やかに咲き誇ってるのよ。『きれいねえ』って、みんなに褒められて、なに図に乗ってるのよ」と、怒ったり僻(ひが)んだりはしない。ひたすら自分の生涯をまっとうすべく、他者の目も自らの不遇も厭(いと)わず淡々と老化して、そして命果てるのみなのだ。

このエピソードをさるお坊様から聞かされて、私は泣いた。と、以前にも書いた記憶があるけれど、私は泣きながら、「そうだ、他人と比べてばかりいないで、自分の人生を清々しく明るく生きていけばいいのだ」と深く反省したものである。

かく言う私は嫉妬深い人間である、たぶん。そのことにはっきり気づいたのは、ゴルフを始めたときだ。上手になりたいという気持が先走るあまり、他の人たちが調子よく打っていると悔しさが募る。「ナイスショットですねえ」と笑顔で褒めながら、心の中で、「失敗すればいいのに」と秘かに呪いをかけたりする。自分の調子がいいときは他人に優しくなれるけれど、自分だけが不調に陥ると、たちまち不機嫌になる。

おそらく一人でラウンドしていれば、ここまで悔しさは深くならないであろう。あるいは全員が同じくらいのスコアならば、さほど落ち込まずにすむのだ。一人だけ置いてきぼりになるから心が晴れない。これを「共有幻想」と言うのではあるまいか。

先日、大分にて、地元の友達S君とゴルフをした。彼のショットは、当たればとんでもなく飛ぶけれど、当たらないとこれまたどこへいくかわからない。

「池に入ったのかな?」

私が声をかけると、

「ですね」

即座に答える。

「木に当たって反対側に跳ねたと思うけど」

「ですね」

「もう少しゆっくり振ってみたら？」

「ですね」

何を言ってもにこやかに「ですね」と同意する。その素直さに私は感心した。心の悔しさを押し隠し、決して反論しようとしない。それが彼の口癖かと思って聞いていたところ、プレーが終わってクラブハウスに戻ってきたら、隣のテーブルからも「ですね」という声が聞こえてきた。

「もしかして、『ですね』って大分人の口癖？」

S君に訊ねると、彼は笑って、「ですね」だって。

そういえば東京にも同種の人間がいた。テレビのディレクターだが、ゲストの意見を聞くたびに、「ですよねえ」と言う。個別の打ち合わせにて、

「自民党は間違っていると思いますよ」

ゲストの評論家がそう言うと、

「ですよねえ」

ところがその評論家と意見を異にする別のゲストとの打ち合わせの席では、

「いやいや、間違っているのは野党です」

そう言われたとたん、

「ですよねえ」

一見、八方美人的に思われるけれど、相手は安堵するだろう。よしよし、コイツも私と同じ意見だなと。しかも彼の顔には邪気も下心もなさそうで、むしろ人をホッとさせる長閑(のどか)さが溢れている。

「本心で相づち打ってるの？　それともいい加減に答えてるだけ？」

訊ねたら、

「ですよねえ」

と彼は照れくさそうに笑った。

父が昔、私に腹を立てて言ったものだ。

「なんでお前はすぐ『でも』と言う。まず、『そうね』と言いなさい！」

共有幻想を達成させるために必要なのは、とりあえず「同意」ではないのか。と、極めて日本人的な考え方が浮かんでしまうのですが、違います？

ですね。

別れの季節

春なのに……。

立て続けに親しい友人を三人も失った。いずれも友人と呼ぶにはおこがましい年上の方々ばかりだが、私にとっては大事な友達に違いなかった。

年の離れた友達のことを、日本ではなかなか「友達」と言いにくい風潮がある。どれほど気の置けぬ付き合い方をしていても、第三者に会ったとき、「友達です」とは紹介しづらい。そこでつい、「先輩です」とか「師匠です」とか言葉を濁して親しさを表明する。

それが通例と思っていた私は、昔、アメリカで、「私の年上の友達が遊びに来るんです」「年下の友達に聞いた話ですが」などと言っていたら、アメリカ人の「年上の友達」が、

「サワコはなぜいつも、『友達』の前に『年上』とか『年下』とかつけるの？　『友

達』は、何歳離れていても『友達』でしょ?」

たしかに英語では、友達のみならず兄弟姉妹も年齢の上下をことさらに表現しない。年の差によって力関係は生まれないのか、カッコいいなあと、その場では納得したけれど、日本に帰ってくると、やはりはるか年上の知り合いを「この人、私の友達なの!」とは気安く言いにくいものである。

で、話を戻すと、最近亡くなった三人の「友達」のうちの一人は音楽家だった。通称ムッシュ。初めて会ったのは六本木の路上だった。まだ私が仕事をする以前、二十代の頃である。向こうから歩いてくる男性を見た途端、「おっ、かまやつひろしだ……」と思ったが、知り合いではない。が、目が合ったので、ちょっと頭を下げてみたら、先方は即座に、「こんにちはー」と親しみのこもった笑顔で挨拶をしてくれた。シロウト相手なのに。

なんて感じのいい人かと驚いた。その後、仕事でご一緒する機会に恵まれ、近年は近所のイタリアンレストランでちょくちょくお会いする仲となった。しばらくお見かけしないと思っていたら、「検査入院なさった」という噂を耳にした。心配になり、メールを送った。

「早く元気になってください。ムッシュは……」

と、ここで、「日本の宝なんですからね」と書こうとしたが、やや月並みな表現かと思い、書き直す。

「ムッシュは日本のアクセサリーなんですからね！」

するとまもなくムッシュから返事が届いた。

「アクセサリー、ただいま修理中」

かけがえのないアクセサリーはその後、懸命に修理に励んだけれど、前のように、「ねね、この肉、うまいぜ」なんて私にニヤリと微笑みかけてくれることはなかった。

ムッシュの訃報の三日後に、もう一人の友達が息を引き取った。大事なゴルフ仲間だった。車に乗ってゴルフ場へ向かう道すがら、会話の途切れたことがない。どんなに渋滞しても退屈しなかった。昔、ひどい目に遭った話、交通事故で死に損なった話、ホールインワンで大騒ぎした話。どの話も彼の手にかかると見事な落語と化す。可笑しくてせつなくて笑いすぎて、ハンドルを握る私が交通事故を起こすことはなかったが、たびたび道を間違えて遅刻しそうになった。他の仲間から、

「あんたたち、なにをそんなにゲラゲラ笑ってるんだい？　子供じゃあるまいし」

そう言われてまた二人で「あんたのせいや」「私じゃないっす」と、突っつき合いながらゲラゲラ笑った。

「今年もゴルフ、よろしくお願いします！」

年明けに挨拶メールを送ったところ、

「風邪をこじらせたのか、不調ですねん」

返事が戻ってきて、早く治してくださいとお願いしていたのに、あっという間に逝ってしまわれた。

年に百五十回はゴルフをし、毎朝十キロの散歩を欠かさず、去年、喜寿のお祝いをしたときは、「あと何百回、ゴルフできるかなあ」と笑い合った長友啓典（ながともけいすけ）さんと、もう会えなくなるなんて未だに信じられない。

ムッシュと長友さんのご葬儀に参列した一週間ほど後、アヤコさんの訃報が届いた。

「前日まで、子と孫とひ孫全員が参加して温泉に行って食べて飲んで、『楽しかったわね』と別れた翌朝、亡くなっちゃったんだよ」

ご家族からの知らせに私は胸がつまった。八十歳を過ぎても「毎日が楽しくて楽しくて」と人生を満喫なさっていた姿が蘇る。で、つい、慰めの言葉のつもりで、

「でもご本人にとってはお幸せな最期でしたね」

そう言うと、アヤコさんの婿殿に、

「そうなんだけどねえ。あまりにもあっけなくて、家族としてはつらいですよ」

しんみり言われて申し訳なくなった。

アヤコさんは女優さんのように美しく、貴婦人のように優雅な人だった。人の面倒を見る才に長けていて、私は若い頃、何度お見合いのお世話をしていただいたことか。葬儀は教会で営まれたが、参列者の多さに圧倒された。まるで大物芸能人の葬儀かと見紛うほどの行列だった。私のようにアヤコさんに世話になった方がこんなにたくさんいらしたのかと思ったら、泣きながら嬉しくなった。

そして先日、気仙沼で知り合ったイチヨちゃんのご家族が、漁船の転覆によって一気に三人、亡くなったという。船長だったご主人、船で働いていた長女と、三女の婿殿。震災と津波で家が全壊し、つらい暮らしを余儀なくされて、それでもイチヨちゃ

んは、いつ会っても元気溌剌、ケラケラ笑って騒いで走って、こけていた。漁師だった旦那様の背中に惚れて久慈からお嫁に来たと頬を赤くして話してくれた。私より少し年下だけれど、初めて会った瞬間に「この人、私の友達だ！」と思った。最愛の旦那様を失ったイチヨちゃんをどうやって慰めればいいだろう。春なのに。花が咲き誇っているというのに。

変わったパリ、変わらぬパリ

パリを訪れたのは何年ぶりだろう。にわかに思い出せないほど久しぶりのような気がする。このたびはテレビのロケで出かけたのだが、出発直前にシャンゼリゼ通りでテロが勃発し、ちょっとビビった。もっとも日本にいればいたで、北の方面からミサイルが飛んでくる脅威もあり、どっちにいるほうが安全かよくわからない。ええい、ままよ、と覚悟を決めて現地に赴くと、物騒な気配はほとんど見当たらず、メーデーを挟んだ連休のせいもあってか街には人が溢れ返っていた。

「パリには何度か来たことありますか？」

案内をしてくれた在仏十年になるという日本人コーディネーターのM嬢に問われ、

「何度も来ているんですけどねえ。何度来ても、どこがどこだか……」

曖昧に答えつつ、取材用バンの車窓からパリの景色を眺めていると、見覚えのある建物が目の前を通り過ぎていく。そうそう、あれがノートルダム寺院で、とすると、このセーヌ川沿いをずっと行くと、あっちがルーヴル美術館？　あら、違った、オルセー美術館ですか。泥酔した翌日に前夜の記憶が断片的に蘇るごとく、ふとした拍子に記憶の抽斗が開く。そして、さる広場に辿り着き、建物の名前を読んだとき、ハッとした。

「コンコルドホテル！」

初めてパリの地を踏んだとき、泊まったホテル　コンコルド　モンパルナスだ。飛行機の名前と同じだと思った記憶がある。大学三年生だったから、かれこれ四十年以上昔の話。チェックインして部屋に入ったら、なんと歯ブラシセットがない。あら大変。パリでの最初の買い物は歯ブラシだった。当時の為替レートがどれぐらいだったかわからないが、たしか日本円で一本七百円ぐらいして、まあ、パリは物価が高いのね！と衝撃を受けたのを覚えている。

そんなことを思い出しつつ、今回の宿泊先の部屋に入ってみたら、近代的なホテルにもかかわらず、またもや歯ブラシセットがなかった。飛行機で使った歯ブラシと歯磨きを鞄に入れてきて、よかった。M嬢によると、「ホテルに歯ブラシセットはついていないのが普通です」とのこと。国によってサービスの価値観は異なるんですね。

というか、日本のサービスに慣れ過ぎているのかもしれない。

どの街を訪ねても、自らの足で歩かないとその土地の地図はなかなか頭に入らない。今回も仕事のため移動はすべて車だった。今、走っている場所が、はたしてパリの北か南か。モンパルナスかモンマルトルか。エッフェル塔はどっちか。考えているうちに、気づくと取材目的地に到着している。またしてもパリを把握できないまま去ることになりそうだ。

そのかわり、カフェを存分に堪能した。屋外で撮影をしていると、たびたびお手洗いへ行きたくなる。パリの気温が低かったせいもある。五月初めにもかかわらず、通りを見渡すと、ダウンコートを着ている人と半袖Tシャツに短パン姿の若者が混在している。太陽が出ればポカポカ陽気になるからねとM嬢は言うけれど、朝晩の寒さは尋常ではなかった。

「ちょっとお手洗いへ行きたいです」

申告するや、M嬢は私をカフェへ案内する。

「エスプレッソ一杯注文すれば、トイレは快く貸してくれますよ。急いでいるときは親切なカフェなら飲まなくても大丈夫」

まるでコンビニだ。思えばパリにコンビニはない。そのかわり、いたるところにカフェがある。しかもどこも客でいっぱいだ。こんな過当競争の中、よく潰れるカフェがないものだ（潰れていないかどうか知らないが）と感心するが、カフェがなかったら、お手洗いへは行けない。

お手洗い需要だけでなく、カフェは出勤前にエスプレッソを引っかける「ちょっとお茶とお菓子」（？）場所であり、あるいは昼食のひとときを、はたまた日本同様、「ちょっとお茶とお菓子」の時間に利用でき、夜になれば正式なディナーをいただくレストランにもなる。カフェの規模にもよるだろうが、私が訪れたモンパルナスの名門カフェ、ラ・クーポールは朝八時半から深夜二時まで営業しているという。ちなみに当店の名物ステーキは、ローストビーフのような肉のかたまりで、中は血のしたたる絶妙の焼き加減。こよなくおいしかった。

四十年前、初めてのパリで歯ブラシを買ったついでに初カフェ体験をした。女友達と二人、まずテーブル席に着く。周辺の客の様子を窺いつつ、よし、リンゴジュースを頼もうと決める。白衣のギャルソンを呼び、

「ジュス・ド・ポム、シルブプレ」

怪しい発音で注文すると、ギャルソンが眉間に皺を寄せ、なにを言っているのかわからんぞという反応をした。何度も繰り返し、とうとう諦めようとしたとき、

「アー、ポムジュ！」

そう言って、笑顔一つ見せずテーブルを去っていったときの淋しかったこと。

それ以来、パリを訪れるたび、フランス人の「どうも日本人は好かんな」と言いた気な、こちらの思い込みかもしれないが、やや冷たい視線を何度も投げかけられた記憶がある。ところが今回のパリで会うフランス人はどことなく、優しい。なんとなく親切。どうしてだろう。私の気のせい？　M嬢に訊ねてみた。

「ああ、それはあるかもしれないですね。東日本大震災のときの日本人の毅然とした態度を見て、フランス人の日本人観は変わったと思います。私もおかげで仕事がやりやすくなりました」

かつてパリに押し寄せた日本人買い物客の不作法ぶりが少し見直されたのか。私は改めて身を引き締める。せっかくランクアップした日本人の株を下げてはなるまい。旅人は、本国代表大使みたいなものですから。

カムバック魚屋さん！

近所の魚屋さんが姿を消した。

その魚屋さんは店舗を構えるのでなく、軽トラックでやってきて、いつも決まった場所にて新鮮な魚を広げていた。買うつもりなく、別の用事で通りかかっても、主人のつるんとした頭が視界に入ると、立ち止まって覗きたくなる。せめて挨拶だけでもしておこうと思い、

「こんにちは」

近づいて声をかけると、ゴムの前掛けをしたつるんおじさんがいかにも嬉しそうに、

「お、こんちは！　久しぶりだね。いいめごちが入ってるよ。天ぷらにしたら旨いよ」

そんな笑顔を向けられてしまうと無視できなくなる。たとえこれからレストランへ向かおうとしているときでも、たとえスーツを着て仕事に出かけるときでも、無視は

できない。そして私は、「おいくら？」と、もはや財布に手が伸びている。

実際、これからイタリアンレストランへ行くという道すがら、ついアサリを買ってしまったことがある。図々しいと思いつつ、レストランに事情を言い、アサリの入った油紙の袋を店の冷蔵庫に預かってもらった。数時間後、すっかり満腹になって家に戻ってから思い出した。

「そうだ、アサリ！」

すぐさま店に電話をし、

「すみません。忘れて帰っちゃいました」

「どうしましょう？」

満腹で身体が重い上、ワインでほろ酔い状態でもある。もう一度、店に戻る気力はとうに失せていた。

「どうぞお店の賄い（まかない）にでも使ってください。おいしいアサリのはずですから」

そう言いかけて、止めた。肉厚の立派なアサリの姿が脳裏に蘇ったからである。

「すぐ、取りに伺います！」

手元に戻ったアサリは翌日の夜、ニンニクと日本酒で酒蒸しと化した。

「お帰りなさい！」

アサリに向かって挨拶しながら、私は磯の香り高き分厚い身を口に放り込む。そのときの喜びは格別であった。

その魚屋さんで買った舌平目の味も忘れられない。おじさんは、「煮付けにしてもおいしいし、焼いてもいいね」とアドバイスしてくれたけれど、私はそれをムニエルにした。表面に塩胡椒を振り、小麦粉をまぶし、バターをとかしたフライパンの上に載せ、焦げ目がつくまでじっくり焼く。皿に盛り付け、たっぷりのレモンをかけて食したときのおいしかったこと。

本当はホワイトソースを作って舌平目にかけ、オーブンで焼くという……、あれはなんという名の料理だったか、つまりは舌平目のホワイトソースソテーを作るつもりだったのだが、途中で変節した。でも、単にバター焼きにして塩とレモン味で食べただけでも、じゅうぶんにおいしかった。材料が新鮮だと単純な料理法でも極上の一品になる。

これからはもっと魚料理を作らなきゃ。舌平目から骨を外しつつ、私は心に期した。でもその決心はいつしか薄らいで、つい肉料理に傾く。たまに魚料理を作ろうと思っても、手間要らずのアサリや刺身を買うばかりだ。

そうこうするうち、魚屋さんが消えた。

喪失感が思いの外、大きかった。愛情をかけてやらなかった恋人が静かに姿を消したかのような寂しさだ。ごめんね、魚屋さん。もっと頻繁に通えばよかった。

『築地ワンダーランド』というドキュメンタリー映画を観た。築地市場で働く仲卸の魚屋さんたちが、魚同様に活き活きと描かれている。登場するどの男たちを見ても惚れ惚れするほどカッコイイ。日本人のオトコはこうでなきゃ。胸がキュンとなった。そして私は学んだ。

仲卸人は単なる中間業者ではない。皆、魚に精通し、魚料理の文化を熟知し、小売人や料理人たちに、どの魚のどこがおいしいか、どう捌(さば)けばいいか、どこを見極めて魚と対峙するべきか、丁寧に厳しく教える責任も担っている。そこで学んだ小売りの魚屋さんが今度は私たち消費者に教えてくれる。魚の知識はこうして順次、伝達されていた。

きっと昔のお母さんたちも、近所の魚屋さんにたくさん教えられたのだろう。三枚に下ろす自信がないときは、

「下ろしてやるから、貸してみな」

　そう言って、店奥の大きなまな板の上で勢いよく捌いてみせてくれたものである。

へえ、そうか。そうやって下ろすのね。魚屋さんは、身近な料理の先生でもあった。

魚屋さんに限らない。八百屋さんもそうだった。

「フキはね、こうやって筋を取って。一度、あく抜きしてから調理するんだよ」

「牛蒡(ごぼう)の笹掻きは、ほら、こうしてね」

　料理本が今ほど充実していなかった時代、ネットのレシピサイトがない時代、一家の料理人は小売店に材料の選び方や調理法を教えてもらったのである。

　魚屋さんがなくなっても、魚が手に入らないわけではない。スーパーマーケットへ行けば、パックに入った魚がたくさん並んでいる。鰯(いわし)、鯖(さば)、平目、鮭、ハマグリ、鯵(あじ)……。おいしそうだな。買おうかな、どうしよう。迷って物色して、そして結局、パックの刺身を籠に入れる。一尾丸ごと買ったところでどうせ捌けない。こうして魚料理から遠ざかる。魚屋さん、近所に戻ってきてくれないかしら。戻ってきても、結局、アサリや刺身しか買わないかもしれない。でもいざとなれば教えてくれる人が身近に存在すると思うと、心強いではないか。

祝い元

ちょっとばかり世間をお騒がせしたようで恐縮ながら、不肖アガワ、他人様に激しく後れをとって、この春、苗字が変わることと相成りにけり。

なにしろ人生初めての経験で、通りを歩いていてもタクシーに乗っても、店に入ってもたまたま目が合っただけで、見知らぬ人にニッコリ頭を下げられて、囁くように「おめでとう」と声をかけていただくので、恐れ入るやら戸惑うやらの、照れくさい日々がしばし続いた。結婚とは、かくも他人様を安堵させる行事であったかと改めて思い知る。ただ、若い新妻相手とはやや異なる反応と推測されるのが、「おめでとう」の次に続く言葉である。

「やっぱりね。誰かそばにいてくれるっていうのは、安心よ。お大切に！」

そう言ってくださるのはたいていご婦人だが、私はその方の目を見つめ、何度も頷く。まことにもっておっしゃるとおり。そうなんですよ、もはや互いの杖となり目となり耳となり、互助の精神をもって支え合っていくのみでございます。

　妙齢に結婚をしたことがないので詳細はわからないながら、おそらく二十代での祝儀であったなら、こういう言葉はかけられなかっただろう。当の本人とて、相手を安心材料とみなすほど冷めていない年頃と思われる。なんたってたいていの花嫁花婿には、まだ自らの親の元気な後ろ盾がある。結婚したとはいえ、意識の片隅に「子供」という自覚を残していても不思議はない。しかし、還暦を過ぎて他者と生活をともにするとなると、事情は違ってくる。

　これから二人であれもしたいこれも食べたいと夢が膨らむ一方、チラリチラチラ頭に浮かぶのは、そう遠くない将来に訪れるであろう終焉の場面である。親の老いに付き添って、親を見送って、さらに親しい友を見送る頻度が高くなったとなると、さて残りの人生、あとは何を大事に生きていこうかという心境に達する。達観というほど大それたものではない。そんな崇高な心境に至る以前、ごく自然に、「おお、今日もちゃんと息をしている」、「ああ、無事にお風呂から上がったな」、「転ばずに帰ってきたか」、「はたしてこの反応は単なるど忘れか、はたまた認知症の兆候か……？」と、そんな些細なことで一喜一憂する日々なのだ。それは相方とて同じ気持にちがいない。

人生百歳時代が近づこうとする今となっても、小さな老いが、まるでボートの穴から水が染み込んでくるかのごとくじわじわと、身体の隅々に押し寄せてくるのを実感させられる。せっかく残りの人生をともに歩むと決めたからには、せめてあと十年、あるいは希望を託してあと二十年、足腰の丈夫な生活を送りたい。そう思っているときに、

「誰かそばにいてくれるっていうのは、安心よ。お大切に」

この言葉はつくづく身に染みる。

あらまあ、なんだか暗い話になってしまいました。それほど悲観的なつもりもないんですけどね。ではここで気分一新。

若い年頃の結婚と違うのは、贈られる言葉だけではない。品もしかりである。もし私の友達がそれなりの高齢になって結婚すると知ったら、何を祝いの品とするだろう。さぞや迷うにちがいない。もはや生活の基盤は出来上がっている。むしろモノを増やすより、断捨離方面を考えるべき年頃だ。

二十代から三十代にかけて、それはそれは数多くの友達に祝いの品を贈ってきたが、贈り物の選択肢には事欠かなかった。これから新居を構え、二人の新しい生活を始め

ようとするカップルは、必ずや物入りである。バラ色の新婚生活は夢と希望に満ちている。

「何が欲しい？」

率直に希望を訊ねると、だいたい生活必需品や家電製品の品目が返ってきたものだ。フロアスタンド、炊飯器、掛け時計、漆の器、銀製品、ワイングラス……。勝手にこちらが、これぞラブラブな二人にはお似合いかと見定めて贈ったものとて、基本的には暮らしを彩る品々が多かったと記憶する。それらを挙式前の吉日午前中に先方へ送り届け、披露宴当日になると、朝早くから美容院へ行き、髪の毛をセットして、ドレスに着替え、あるいは着物の場合は着付けをしてもらい、タクシーで式場へ赴く。新郎新婦の晴れの姿に心のこもった拍手をし、他人様のスピーチに泣いて笑って、自らのスピーチに緊張し、帰りは引き出物の紙袋と着替えの入ったボストンバッグを両手に抱えてヨロヨロふらふら家路につく。そういうおめでたくも疲れ果てる日が、月に二回、三回と続いたこともある。華やかな宴の酔いも冷めた頃、家に辿り着き、着物を脱ぎ捨てながら私は思ったものだ。いつか元を取ってやる！　次は私がお祝いしてもらう番だぞ！

かくして、ようようお祝いしてもらう番が回ってきた。かつて私が祝福して送り出した友達が戸惑っている気配が窺われる。

「お祝い、何が欲しい？」

私は答える。

「どうかそのようなお気遣いはご無用です。もうこんな歳だし、式も挙げないし、モノ、いらないし」

すると友は晴れ晴れした顔で頷くのである。

「そうよね、モノはいらないわよね。じゃ、みんなで集まってご飯、おごってあげる！」

私は満面の笑みで応じる。本当にそれが何よりのプレゼントである。それこそが旧友の真心というものだ。しかし、心の片隅でちらりと思う。元は、どうなったのかしらん？

抑制の末

バイオリニストの五嶋龍さんにテレビのトーク番組でお会いした。彼は中学に上がるまでクラシック以外の音楽を聴いたことがなかったという。ニューヨークで生まれ育った龍さんは学校で友達の弾くエレキギターの音色を耳にして、「こんな音楽が世の中にあったのか」と衝撃を受けたそうだ。

その話を聞いた私も激しく衝撃を受けた。そんなことがあるのか。どれほど家庭環境がクラシック音楽に包まれていたとしても、いかにご両親や姉上のみどりさんが音楽教育に厳しかったとしても、この情報化時代において、外部から入ってくる音楽や文化や情報を完全に遮断することは不可能だろう。

「テレビは？」

私は問うた。

「テレビはありましたが、それはもっぱらクラシックのＤＶＤを見るためのもので、チャンネルを操作することはなかった」

「じゃ、クラシック以外の音楽というものはこの世に存在しないと？」

「存在することは薄々知っていたし、聴いたことがないわけでもなかったけれど、あんな音色やメロディやリズムがあるということをきちんと理解したのは、そのときが初めてです」

その後の龍君の、クラシック音楽に留まらない見事な演奏ぶりや活躍の幅の広さ、表現力の豊富さについて私が解説するまでもないと思われるので割愛するが、いやはや、たいした育ち方をした人がいるものだと感服した。

やはりある年齢まで何かをシャットアウトするという教育方法は、その後の成長へのバネになるのかしら……。

龍君の話を聞いて思い出した。二十代の初め、ロンドンを旅したときに出会った日本人女性の言葉である。彼女はご主人の転勤でロンドンに滞在していたのだが、ご自身もテーブルコーディネートなどの仕事をする、当時としては「飛んでるキャリアウーマン」の走りであった。街中を案内してくださる彼女の後ろを歩きながら、私は彼女の一挙手一投足に魅了された。小娘の私相手に偉ぶる素振りは微塵もなく、潑剌とした美しい日本語の言葉遣いの合間にジョークを交えて和ませてくださる。トレンチコートとソフトスーツというコンサバティブなファッションを着こなしながら、「高価な服を着ているぞ！」という気負いや気配がどこにも感じられない。お洒落上手とはこういう人のことを言うのか。すっかり憧れて、即刻、真似を試みようと、私は勇気を奮ってバーバリーの店の扉を押した。一世一代の買い物と思い決め、名物チェック柄の裏地が張られたベージュのトレンチコートを購入する。が、勢いで買ってはみたものの、どうも自分には馴染まないように思われた。鏡に映る自分の姿を見ると、トレンチコートを着ているというより、お父さんのレインコートに包まれた子供のようである。情けなくなって、彼女に訊ねた。

「お洒落のセンスって、やっぱり幼い頃から磨かないとダメなんでしょうか」

すると彼女はカッカと笑って話してくれた。

「そんなことないと思う。私なんて、十八歳になるまではモノトーンの服しか着ちゃいけないって親に禁止されていたのよ。そのあとだもの、ピンクとかブルーとか、誰にも叱られず自由に好きなものを選んでお洒落を楽しめるようになったのは」

そのときの解放感を思うと、両親に厳しくされてよかった、とその女性は笑いながらおっしゃった。十八歳までの反動が、弓矢のバネのように勢いを得たのであろう。

「そうか……」

振り返ってみるに、私にそういう育ちの記憶があっただろうか。ずっと抑え込まれた状態で蓄えていたエネルギーを、あるとき爆発させたことがあっただろうか。

たしかに父は厳しかった。門限、口の利き方、行動に始まって、たとえ理不尽だと思っても親に服従するのが子供のつとめとたたき込まれた。反抗したことがなかったわけではないが、本気で口答えをした途端に、「出ていけ！」と怒鳴られ、蹴られ、睨まれた。家を出ていったら生きていけないと思うので、泣きながら渋々従った。しかし心の中では常に、「いつかこの家を出ていってやる！」と企んでいたものだ。

「親のこと大好きって子供いるのかしら？　いつか親元を出てやるっていう気持が子供の自立心の原点だと思うけど」

脚本家の大石静さんの名言に膝を打ったことがある。何もことさらに親を憎む必要はないだろうけれど、この厳しい環境から早く脱したい、早く自由になりたいという欲求が強ければ強いほど、自立したときの喜びは大きく、同時に「自立って、けっこう大変なのね」と、改めて親の恩義に気づくのではないか。

親元を離れて一人暮らしを始めたのは三十歳を過ぎてのちのことである。遅きに失するとは思ったが、その分、解放感は間違いなく大きかった。まず門限がない。何時まで飲み歩いたところで「遅いじゃないか！」と叱られる心配がなくなった。マニキュアをしても、「なんだ、その下品な色は」と嫌みを言われない。電気をつけっぱなしにして寝ても、父が怒鳴り込んでくることはない。娘時代、何度、夜中にたたき起こされたことか。父の怒りの勢いが強すぎて、私の部屋の扉が壊れたこともある。あの、突然の夜襲に心臓が止まる思いをする必要はなくなった。

一人の生活を始めてまもなく、学生時代の友達が、足指に真っ赤なペディキュアをして夜遅くに酔っ払っている私の姿をまじまじと見つめ、呟いた。

「アガワ、今やっと、不良を謳歌してるんだね」

遅い不良時代を経て、果たして私はどんな能力を発揮させただろう。いっときの解放感に浸っただけなのではあるまいか。五嶋龍君の、身体の隅々に至るまで楽しそうにバイオリンを奏でる姿を眺めながら、私は考えた。

オンナのプー

美しい女優さんから酒席にてこっそり聞いたお話。

その方は、最愛のご主人を亡くされて、当初は悲しみのあまり痩せ細り、傍目にも「大丈夫かしら」と心配になるほどのやつれようだった。が、昨今だいぶ元気を取り戻されたご様子である。

「もう大丈夫。新しいボーイフレンドもたくさんできたし、今は毎日楽しく生きてるの」

そうおっしゃりつつも、亡くなられた旦那様の話題になるたび目を潤ませるので、こちらとしてはなんと言葉をかけて慰めたものかと心が痛んだ。そんな折、

「あたしね、あの人と一緒に暮らしていた頃は、一度も彼の前でプッとやらなかったのよ。それがね、一人暮らしになったら、ある日、無意識に出ちゃったの。我ながら驚いた。でも、もっと驚いたのはね……」

彼女ははにかみつつ笑いが止まらない様子で、白魚のような手を口元に当てながら言葉を続けた。

「飼っているオス犬がね、『ギャン』って一声叫んで、跳び上がったの。隣にいたメス犬はまったく反応しなかったんだけど」

そして彼女は締めくくる。

「やっぱりね。たとえ犬でも、殿方の前でオンナがオナラはしちゃいけないってことだわね」

なんとチャーミングで健気な心構えであろう。そんな奥ゆかしい気持を、私は抱いたことがない。

もっと昔、たしか『婦人公論』に掲載されていたと記憶するのだが、山瀬まみさんの結婚手記を読んで愕然とした覚えがある。正確でないかもしれないが、要旨としてはこうである。

「結婚生活を始めても、オナラはしないと最初に約束したんです。たとえ夫婦であろうと、親しき仲にも礼儀あり。結婚しても男と女なのだから、幻滅されたくない」

それまで山瀬まみさんという人をテレビで見ていた私としては、お若いのに物知りで、頭の回転も速そうだとは思うものの、やや舌足らずな喋り方と少女らしいファッションから判断するかぎり、今風（と言ったって、もう二十年近く前ですが）タレントの代表という印象を持っていた。まさかそんな古風なご意見の持ち主とは思いもよらなかったのである。たちまち反省した。まみちゃんは偉い！　おっしゃる通りだ。親しき仲にも礼儀あり。女性が男性の前でプッと出すのは、はしたないふるまいだ。今後は気をつけよう。

そりゃ私とて、友達の前や、まして憎からず思う異性の前で、特に知り合って間もない頃は、プッもブッも、スウとて一度も発したことはない……はずだ。どうしてもお腹が張って危ないと思ったら、とりあえずお手洗いへ駆け込む。あるいはさりげなく群衆から遠のく。あるいは大騒音のタイミングを見計らう。はたまた力業で押し戻す。でも、結婚したら、どうかなあ。自信ないなあ。出しちゃいけないと思いつつ、出しちゃうかもなあ。と、その頃は思っていた。

しかし振り返ってみるに、家族の中で母だけはプッともブッとも音を立てたことがなかった。反して父は、他人様の前はさておき、いつでもどこでも車中でも路上でも、ブッブブッブと派手に出すのをモットーとしていたきらいがある。モットーというより、家父長たる者の当然の権利と思っていたのではあるまいか。

父は食事中にもよく出した。なぜか突然、寡黙になり、ゆっくり椅子の肘掛けに体重をかけ、身体を斜めにしたら、警戒警報。子供たちは即座に食卓を離れ、台所や隣室に避難する。直後、父のお尻から勢いのいい音が発せられる。

「ひどいよ、食事中に。おかずに臭いが移っちゃう」

抗議を試みるが、父はニヤニヤしたままいっこうに悪びれる様子なく、「臭いか？俺のは臭くないはずだがね」と根拠なき主張を述べた後、堂々たる態度で家族を一喝するのである。

「おい、みんな喜べ！お医者さんが言ってたぞ。健康のためにはオナラはばんばん出したほうがいいんだ！」

一家の主がこの有様である。となれば、家族は追随する許可を得たようなものだ。プーもブーもスウも、互いに「なんですか！」と文句を言いつつ、概して公認行為の一つとして受け入れられてきた。門限を破ったり、口答えをしたり、言いつけを守らなかったりしたら、たちまち「出ていけ」と烈火のごとくに怒る父が、子供が目の前でオナラをしても、「おいおい」と迷惑な顔こそすれ、本気で機嫌を悪くすることはなかった。

そんなオナラに鷹揚な一家の中で、唯一、母の音だけは一度も耳にしたことがなかったのである。いったいどこでこっそりしているのだろうか。長年の謎だった。ところが、九十歳にさしかかる老母が先日、私と並んで歩いている最中、プ、プププとふいに音を発するではないか。

「母さん！　なに、今の？」

思わず問い質したところ、

「あら、やだ。出ちゃったわ」

恥ずかしそうに笑い、照れたついでにまた残りをプププ。

長年、「そういうことをしない人」と信じていたぶん、初めての母の放屁に少なからずショックを受けた。が、同時に、九十年近くよくぞ一度も発することなく過ごしてきたものだと改めて感服した。

で、その母親の娘はどうしているかと問われれば、それはお察しいただいて。いや、もとい。察してくださらなくてけっこうです。

いきとしいけるものみな

　ベランダに雀が一羽、横たわっていた。近づいて見てみると、すでに死んでいる。強風に煽（あお）られてマンションのガラス戸に激突したか。あるいはカラスにでも襲われたか。襲われたような傷は見当たらないけれど、頭の側面がやや陥没しているようにも見える。やはりガラスにぶつかったのかと推測されるが、いずれにしてもそのまま放っておくわけにはいかず、新聞紙の上にそっと拾い上げてみた。が、その先である。はてどうしたものか。

　ウチが個人住宅で庭でもあれば埋めることもできるが、いかんせんマンション住まいである。ベランダにお墓をつくるほど、その雀と懇意な仲ではない。どこか土のあるところに埋めるか。そう思い、雀を包んだ新聞紙とスコップ片手に家を出る。

「どうしようねえ、雀くん。君のお墓はどこですか。迷子の迷子の雀くん」

　ブツブツと鼻歌を歌いつつ、しばらく歩き回る。人通りの少ない桜の木の下に、手頃な土のある場所を発見。ほどほどに野草も茂っている。よし、ここにするか。そう決めてスコップで土を掘り返す。しかし、自らのその行為がなんとなく、子供の頃に観た映画の墓荒らしのシーンとか、悪人が死体遺棄をしようとする場面とかを思い起こさせて、悪さをしているような気がしてきた。誰かに見られたら、「なにをやっとるか！」と叱られそうな恐怖にかられ、猛スピードでスコップを動かし、二十センチほどの深さになったとき、そこへ目を閉じた雀くんをスルリと落とし、すばやく上から土を盛った。早口で、「ご冥福をお祈りします」と囁いて、足早にその場をあとにした。

木の枝で碑を立てればよかったか。でもそんなことをしたら通りかかった人が不審に思うだろう。せめてもう少し土を足で踏みならし、かためておくべきだったか。猫に掘り返されたらどうしよう。ウジウジ考えつつ、結局、何もしないまま、ときは過ぎていった。

名取裕子さんにお会いした。名取さんは無類の愛犬家として有名で、そればかりか、チャンピオン犬を育て上げるドッグブリーダーの資格を持っているという。が、近年、愛しい犬を次々に亡くされて失意のどん底に落ちたとき、ある人に勧められたそうである。

「メダカを飼いなさい」

メダカなら、死んでもさほど悲しくないだろうという配慮からのアドバイスだったらしい。ところが名取嬢いわく、

「メダカも死ぬと、やっぱり悲しいのよ」

愛が深い女優である。

私自身もかつてメダカを飼っていたことがあるけれど、名取さんほど深い愛情を注いだ覚えはない。ただ、メダカが死んだあと、しばらく白魚は食べられなかった。

見ず知らずの雀の死骸を見つけて可哀想に思う私が、その翌日、室内にゴキブリを見つけると、同じく新聞紙を手に、血相を変えて追いかける。動きを止めたゴキブリに近づき、一気に叩きのめす。ゴキブリはベッチャリつぶれ、動かなくなった。私は「よっしゃ！」と雄叫びをあげる。ゴキブリの死に胸を痛めない私は、なんなんだ？

蚊もしかり。両手、もしくは片手でバシッと射止めたとき（案外、私は片手で射止めるのが上手）、「やったね！」と得意満面になったとしても、「気の毒に」とは思わない。

ときどき家の中に蜘蛛(くも)が出現することがある。蜘蛛に対して私はなぜか寛大だ。毒蜘蛛だったら退治したいと思うだろうが、普通の小さな蜘蛛は毒性もないし、むしろダニや蚊などを退治してくれる益虫のイメージが強い。蜘蛛の巣が顔や腕に絡まって困ることはあるけれど、害といえばそれぐらいのもの。ついでに、たいてい一匹で生息しているから、どことなく孤高な印象があって好感が持てる。だから贔屓(ひいき)するというのは、どうなんだ?

軽井沢の掘っ建て小屋を訪れる季節となった。今年初めて七月半ばに家の戸を開けたら、床や畳、台所の棚のあちこちにネズミの黒い糞がたくさん落ちていた。やれやれ。やれやれとは思うけれど、それ以上の不快感はない。

最初の頃は、「やれやれ」以上の嫌悪感を抱いた。なんとか駆除しなければと思い、粘着テープのついたネズミ取りを仕掛けた。まもなくまんまとネズミが引っかかった。その姿を見たとき、驚いた。可愛い。薄灰色をした体長十センチほどの小さなネズミである。つい、捕まったネズミに向かって「ごめんね」と謝った。それからゴミ収集所に運んだ。

思えばネズミのほうが、我が家の土地の先住民なのである。代々、ネズミ一族が住んでいた（であろう）土地に、勝手に家を建て、勝手に住み着いた我々こそが外来種なのだ。偉そうに威張る立場にない。だからといって同居するわけにもいかないから、我々人間が生活する間は、あまり出没してほしくない気持はあるけれど、人間が留守の間、家の中で遊び回るのを一概に阻止する権利はない気がする。

昨今、軽井沢では鹿による農作物などの被害も問題になっている。他方、「鹿を殺すのは可哀想」という声もある。顔が可愛いからか。

ヒアリが大問題になっている。まるで極悪エイリアンが上陸したかのような騒ぎである。たしかに刺されたら怖いかもしれない。死ぬかもしれない。でも、不用意にちょっかいを出さないかぎり人間を刺すことはないとも聞く。だいいちヒアリだって好き好んで日本にやってきたわけではない。こんなに嫌われるとは、ヒアリも思っていなかっただろう。ヒアリを根絶させるため国を挙げて必死になる一方で、絶滅危惧種の生物は救わなければならないと連呼する。人類に贔屓されるいきものと忌み嫌われるいきものの間には、いったいどれほどの深い溝があるのだろう。結局、見た目かしら？

夜景バブル

他社の本で恐縮ながら、このたび『バブルノタシナミ』というエッセイ集を上梓した。別にバブル時代を回顧して分析検証しようというものでは決してない。と、断りを入れるまでもなく、アガワがそんな学術的、評論的な本を出せるわけのないことは、読者の誰もがご存じのはずである。

ならばどんな内容か。言ってみれば「なんでみんな、バブル時代がそんなに懐かしいの？」という、つまりは吝嗇癖ある還暦も過ぎた女のヒガミと文句に溢れた本である。

私はたしかにあのバブル全盛期、じゅうぶんに大人であった。にもかかわらず、バブルでいい思いをした記憶がほとんどない。清貧を装うつもりはないけれど、なぜかゴージャスな思い出が一つもないのである。いやいや、そんなこと言っちゃって。テレビ界に足を突っ込んでいたのだから、さぞかし贅沢な環境にあったはずですよ。と、各方面から苦笑されるが、はて、テレビの世界はそんなに裕福だったのだろうか。少なくとも私のところにこぼれ落ちてはこなかった。

当時……というと、だいたい一九八六年から一九九一年あたりをいわゆる「バブル時代」と呼ぶならば、ちょうど私は深夜のニュース情報番組にアシスタントとして出演していた頃である。月曜日から木曜日まで、昼間に取材がないかぎり、夕方七時頃までに赤坂にあるテレビ局に入ればいい。到着するなり、その日一日のニュースに目を通したり、天気予報コーナーの原稿を書いたり、ナレーションを録音したり、番組全体の流れを確認したり、合間を見て仕出し弁当を掻き込んだりと、殺伐たる仕事場の空気にまみれつつ、バタバタワサワサしているうちに本番の時間が訪れる。「そろそろスタジオへ移動してください」というディレクター君の声に促され、肩パッドのたっぷり入ったいかつくも鮮やかな色の戦闘服たるスーツに身を包み、カツカツとヒールの音も高らかに、原稿の下読みをしながらスタジオへ突入する。

思えばそんな時代もあったわね。こうして書いてみると、なんともカッコイイ女性ニュースキャスター風ではあるけれど、私の場合は極めて外見だけでした。中身はスカスカ。ああ、今日もドジを踏まぬよう気をつけなければ。ああ、今日の内容、ぜんぜん理解できてないようと、半泣き状態で番組は始まり、呆然の体で番組は終わる。

さて、生放送が終わると再び書類とゴミの溢れたスタッフルームへ戻り、「いやはやお疲れ様でしたあ」と紙コップにビールを注ぎ合いながら反省会が始まる。案の定、上司の怒声が飛んでくる。怒声ならずとも渋い顔を向けられることはしばしばであった。

「また怒られちゃったよ」

「なにがいけないんだろう」

一緒に取材した下っ端仲間のディレクター君たちと小さな声で愚痴をこぼす。

「あんなに怒鳴らなくてもいいのにね」

「気分転換に、軽く飲んで帰る？」

「よし、行こう行こう！」

こうして仲間とともに、深夜の街に繰り出すことはあった。夜中まで営業している居酒屋やうどん屋でお腹を満たし、ちょっとばかり気を晴らし、明日も頑張ろうねえ、じゃあねえと、仲間と別れてタクシーを拾おうとするが、これがつかまらない。目の前を空車がたくさん通り過ぎていく。私は必死で手を上げる。が、空車はまるで私の存在が目に入らないとばかりにスピードをいっさい緩めることなく過ぎ去っていくのである。

それが私のバブルだった。料金を多く払う者が優先され、近距離の女性客は嫌われた。金のある者が偉く、金のある者に人々はすり寄った。バブルなんてろくなもんじゃない！　深夜のネオンを横目にしながら、私は悪態をついたものである。

さてしかし、私と違ってバブルを謳歌した方々も、すでに五十歳を過ぎつつあると聞く。バブルに無縁だった私は、本を出版したことで、かすかに興味が湧いた。

「ねえ、バブルって、どういうイメージ？」

会う人会う人に問いかけてみる。すると、バブルのど真ん中に社会人になった女性は、「そりゃもう、毎晩、ドンペリよ」。

噂には聞いていたけれど、本当に存在していたらしい。そういう世代は概して、未だにお金の使い方がチマチマしていない。過去の習性が抜けないせいか、百均なんて利用しないと、豪語する輩もいるという。

「うらやましい……」と見るからに憧れのまなざしを浮かべるのは、バブル時代のかけらも知らない若い世代である。いや、あんな時代は経験しないほうがいいって、金

銭感覚が狂うだけよと、私がいくら諭しても、

「生涯に一度くらい、金銭感覚狂わせてみたいです」

そう言われちゃうと、どうもね。景気のいい日本の姿を見たことも肌で感じたこともない若者は、それはそれで気の毒なのか。

「バブルのイメージ？ バブルと言えば、夜景とボジョレ・ヌーボーでしょう」

そう発言したのは、バブル世代よりやや若年の女性である。

「私より少し歳上の女友達は、旅へ行っても街でご飯食べたあとでも、『どこ行く？』って聞くと必ず『夜景、見に行こう！』って言うんです。なんで夜景が好きなんですかねえ、あの世代は」

そういえば、あの頃に建てられたホテルにはたいてい最上階にバーラウンジがあったものだ。そういえば、あの頃の金持ち殿方はたいていマイカーを持っていて、アッシーだかメッシーだかついでに助手席に乗せた彼女を見晴らし台までドライブに連れて行ったものだ。そういえば、私は男に夜景を見せてもらった覚えがない。なんなんだ、バブルって。

呼び名問題

このたびの私事に際し、何人かの取材者から同じ質問を投げかけられた。

「お相手のことをなんと呼んでいるのですか？」

私自身、マスメディアに顔をさらす身である。まして他人様のプライベートを根掘り葉掘り聞く仕事を多くしている立場でもある。取材者の知りたい気持が理解できないわけではない。が、そんな内情まで公にする必要があるのか。くだらん！と、心の中で思いつつ、どこかの知事を真似してニンマリ笑ってこう答えてきた。

「そういう質問にお答えするのは、清水の舞台から飛び降りるようなもの。遠慮させていただきます」

「清水の舞台から」という台詞は実際には使わなかった。今、思いついたのだ。まさにそういう心境だったからである。

昔、見合い相手にこの台詞を吐かれたことがある。最初の見合いのあと、「またお会いしたい」という申し出を受けた。もしかしてもしかして、えー、私の人生もしかして？　と、しばし胸が高鳴った。が、二回目にお会いしたら、なぜか先方のご機嫌が芳しくない。会話も弾まぬうちに帰宅した。そののち紹介者を通じて、「サワコさんがどうやらお相手に失礼なことをしたらしいので、もう一度会って、謝ってきてください」と言われた。心当たりはない。が、とりあえず大人たちの指示に従い、再度、会いに出かけた。でも相手の口は重い。私が犯した「失礼なこと」がなんだったのか。かろうじて推測するかぎりでは、私の服装がカジュアル過ぎた（綿パンツにセーターというでたちで赴いたが、先方はスカートが好きだったらしい）か、見合いついでにちょいと郵便局に立ち寄ったからか、食事の場を私が率先して決めたせいか。いずれにしてもそういう私の態度と行動によって男のプライドを傷つけられたということらしい。が、それがどうした。謝るほどの問題か。だいいち、この三回目の面会にて相手はどう決着をつけたいのか。私は単刀直入に問いかけた。

「一回目にお会いしたときは、『もう一度、会いたい』と思ってくださったわけですよね。ならばそのとき、私のどこがいいと思われたのですか？」

なんたる若気の至り。ずいぶんストレートに聞いたもんですね、私。でもあのとき

は、そうでもしなければ埒（らち）が明かない気がしたのである。するとおもむろに先方は声を発した。いわく、

「そういうことにお答えするのは、清水の舞台から飛び降りるようなものです」

　そしてこの縁談はブチ壊れた。

　前置きが長くなりましたが、話を戻すと、そんな事件から四十年近くを経た今、遅ればせながら結婚相手の呼び方問題で私は苦慮している。取材者の質問に答えなかったのは、なんと呼んだらよいものか、自分でも定まっていないからである。

　普段、互いを呼ぶときはニックネームのようなものを使っているが、自宅兼事務所にしている我が家には秘書アヤヤの存在がある。あるいは高齢の母がいるときもある。そういう場所で、老齢新婚がニックネームで呼び合う姿を見せるのは少々みっともない。そこでいつの頃からか、「お父さん」と呼ぶようになっていた。そんな私につられたか、アヤヤも「お父さん、郵便が届いていました」などと家族の一員を演じてくれる。その癖が外でも出て、「お父さん、ナイスショット！」とゴルフ場で声を上げたら、キャディさんに怪訝（けげん）な顔をされた。「この人、アガワサワコのお父さん？　死んだんじゃなかったっけ……」と、聞くに聞けない苦笑い。でも「お父さん」という

呼び名、内政的にはなかなか便利です。

ただ入籍ののち、他人様に「お父さん」を紹介しなければならない場面が増えた。あるいは、会話に登場させるときも困る。はてどの呼称を使ったものか。「えー、こちらが私のお父さん」とは言いにくい。「ウチのお父さんがね」と語るわけにもいくまい。だからといって、「主人」とか「夫」とか、そういう言葉は出すに憚られる。というか恥ずかしい。だって使ったことないんだもの。そこでつい、「ダンナのような」などと言ってごまかす。あるいは「相方」とか「一緒に住んでいるおじさん」とか曖昧にする。この曖昧さをいつまで続けるか。どこかで踏ん切りをつけなければならないと、わかっちゃいるけどやめられない。

母は公の席で父の話題を持ち出すときは「主人」を使っていた気がするが、面と向かって呼ぶ際は、「ねえねえ」ぐらいのものだった。かたや父が母を呼ぶときは決まって、「おい!」だった。「おい!」と呼ばれて、「はーい」と母が飛んできて、「おい、おまえ。あれはどこへしまった?」と、夫婦の会話はそんなものだと子供心に承知していた。ちなみに父が母のことを「みよ!」と名前で呼んだ光景を目にしたことは一度もない。

遠い親戚にあたる谷川徹三氏（谷川俊太郎氏の父上、哲学者）のお宅を両親に連れられてお訪ねすると、谷川夫人はいつも、「ああ、いらっしゃい。谷川は書斎にいるの。ちょっと呼んでくるわ」と闊達に出迎えてくださった。子供だった私はいつもその言い方に驚かされたものである。自分の夫を「谷川」と呼び捨てにする妻がいるのか。ご自身も「谷川」さんなのに。でも今思えば、あの呼び方はいかにも谷川夫人らしかった。結婚しても私の精神は独立しているの。夫に隷属しているわけではないのよ。谷川夫人は心の内でそう主張していたのかもしれない。だからといって今の私に、それほどの勇気も気概もない。

呼称は最初が肝心か。それとも時間が経つにつれて自然に呼べるようになるものか。

ウチの主人は今、私が原稿を書き上げて、そろそろ晩ご飯の支度を始めるのを、隣室にて数独をしながら待っております。なんか、馴染まんぞ。

木箱の夢

今に始まったことではないが、部屋が片づかない。どうしてこんなにモノが増えるのか。

食卓は、書類や郵便物や雑誌や原稿のゲラや名刺やメモや書籍やクリップや耳かきや爪切りや対談資料その他がどんどん幅を利かせ、ずんずん占領区域を広げ、その結果、ほんの数十センチ四方の空いたスペースにランチョンマットを敷いて食事をするという有様。ずいぶん大きなテーブルを買ったつもりだったのに、その黒く輝く表面の木目は今や猫の額ほどしか見えなくなってしまった。

なんという貧しい食事風景か。悲観して、食卓に積み重ねられた紙類一式を、とりあえず床に移動させてみる。この資料はここね、こっちの書籍は次の対談に必要だからこっち。この原稿ゲラはあっちに置こう。

さて、黒い食卓はずいぶんすっきりした。木目の面積が広がって、スカッとしたではないか。と安堵して、ふと床に目をやると、床の面積が狭くなっている。歩くたび、いちいちつま先に床置き書類がつっかかる。

これを質量不変の法則という。

教えてくれたのは我が秘書アヤヤである。

「アガワさん、モノを捨てるのは苦手なんですから、少なくともモノを増やさないようにしましょうね」

わかっております、わかっておりますとも。頭でわかっていても、身体はなかなかいうことをきかないのが常である。

先日、久しぶりに父の夢を見た。

娘にとって父親の死というものは、直後はさほどの衝撃にならずとも、時間が経つにつれ、ジワジワ効いてくるものよ、ずいぶんあとになってから喪失感が襲ってくるの。父が亡くなったとき、何人かの経験者に言われた。そういうものか。たしかに父の死後、まあウチの場合はなにせ九十四歳の高齢だったし、最期もまことに穏やかなもので、担当のお医者様に「立派な老衰です」と太鼓判を押されたほどだった。だから嘆き悲しむというよりは、きっとこれで本人もホッとしたことだろうと家族ともども明るく送り出した次第である。ことに娘の私にとっての父は、死ぬ間際まで威圧感が大きく、常にこちらは「機嫌が悪くなりませんように」とビクビクしながら接していた。その余韻は父亡きあとも続いていたので、

「どう？　そろそろジワジワきたんじゃない？」

先輩諸姉に問われても、いっこうに実感が湧かなかった。だからなのか、私の枕元に父が現れることもないまま二年の歳月が過ぎ、無事に三回忌も済ませたあとである。

父が突然、夢に現れた。

ところが夢の中の父は、「おお、サワコ。元気に幸せに暮らしておるか？」と穏やかな笑みとともに現れたわけでは決してなく、相も変わらず怒り狂っていた。何に怒っていたのかといえば、

「どうしてこんなに部屋を汚くしているんだ！　少しは片づけたらどうだ！」

「ほら見てみろ。ガラス戸がこんなに汚れている。ここには埃が積もっている。よくこういう部屋でお前は平然としていられるものだ」

目が覚めて、どんよりと心が重かった。久々に会った父なのに。

しかし、こういう夢を見るのには理由がある。その数日前、対談でお会いした美し

いママドル（主婦でアイドルっていうことでしょうか）さんが、お化粧も爪も服装もスタイルも、隅々にまでお手入れ万端のご様子ながら、伺えば、掃除魔だとおっしゃる。毎日最低二回は掃除機をかけ、いっときは掃除機を五、六台、常備していたという。

「掃除をするのが大好きなんです。掃除をしていると幸せなんです」

その話を伺ってのち帰宅してみれば、散らかりまくりの我が家かな。私はなんてだらしない女であろうかという深層心理が、怒る父を夢に招いたと思われる。

父の脅威におののいて起きた日、いただきものをした。立派な木箱に入った上等のカステラである。実はその少し前には、同じように立派な木箱に入った細切り昆布の到来物があった。またそれより以前、立派な箱に入ったシャンパンをいただいた。包みをほどき、中身を出し、そして有能秘書が必ず私に問うてくる。

「この箱、どうしますか？」

私はいつも、返答に詰まる。箱を取っておいてどうする。場所を取るだけだ。捨てよう捨てよう。しかし同時に頭の別の方角から声がする。美しい箱ではないか。この箱をつくるのに命をかけている職人さんがいるはずだ。捨ててしまったら、そんな職人さんに失礼ではないか。これほどしっかりした箱だもの、いずれ何かの役に立つ。

「まさか、取っておきたいの？」

我が家の主が遠慮がちに問うてくる。

「うーんとね。はい、捨てます」

アヤヤが安堵の表情を浮かべてゴミ箱へ向かう。いや待てよ。やっぱり数日間は捨てないでおこうか。中に入れるのにぴったりのものを思いつくかもしれない。

昔はこういう木箱やビスケットの缶などは、みんな取っておいたものである。現に、可愛い柄のビスケット缶を私は今でも裁縫箱として使っている。

夕方、秘書アヤヤが業務を終えて帰宅したのち、私はこっそりゴミ箱を漁る。捨てられた木箱を拾い上げ、「おお、寂しかったかい。もう大丈夫だよ」といとおしげに抱きかかえ、書斎の棚を見渡す。さてどこに置いておこうか。ふと見ると、棚の上に同じような空の木箱が三つ。中にはなにも入っていない。

今夜また父が夢に出てきたらどうしよう。

「何度言ったらわかるんだ。捨てろ！」

初心づくし

なぜか、私がテレビの連続ドラマに役者として出演することになった。「なぜか」と書いてみたものの、理由は明白だ。そういう依頼を受け、私がほいほい引き受けたからである。だから誰も同情してくれない。

「なんで引き受けたの？」

弟に伝えたら、心の底から呆れたとばかりの声を出された。

「なんでって言われても……」

「女優になりたいの？」

「いや、そういうわけじゃないけど」

「じゃ、ドラマに出てみたいミーハー心？」

「別にそういうことでも……」

弟に非難されるのも無理はない。週刊誌の対談連載とテレビのトーク番組を合計すると月八人のゲストにインタビューをして、原稿の連載をいくつか抱え、ときどき地方巡業、諸々審査委員、加えて老母の介護もしなければならない身の上で、

「なにもそんな大変な仕事、引き受けなくてもさあ」

ごもっともである。実際、連ドラというものに参加するにあたり、どれぐらいの日数を必要とするのか制作サイドに伺ったところ、「だいたい週に三、四日は」と言われた。

そりゃ無理です、そりゃ無理だなあと首を横に振りながら、いつのまにか、引き受けておりました。引き受けた我が心境を改めて分析してみるに、「是非、アガワさんに」と言われると、断れない因果なタチである。加えて言えば、「なんだか面白そう」と思ってしまう性癖がある。

幼い頃からそういう傾向はあった。母曰く、「アンタはなんでもやってみたがる子だった」。

小学一年生のときだったか、母に連れられて歯医者さんへ行ったとき、医院の扉を開けようとする兄を押しのけて、

「サワコが開ける！」

ドアノブに突進し、頭を打った記憶が蘇る。

台所の床に新聞紙を広げ、母がクリームコロッケをこねているのを、幼稚園から帰ってきた私は玄関でめざとく見つけ、急いで靴を脱ぎ、「サワコがやるーっ」と叫びながら長い廊下を全速力で走っていったら、勢いが止まらず、そのままクリームコロッケの列に突っ込んで大泣きしたのを思い出す。

幼い頃に限らない。初めてのテレビの仕事でフランスを訪れたとき、コニャック酒の製造過程をレポートするロケにて、樽職人の指導のもと樽作りに参加し、葡萄畑では背中に大きなカゴを背負って葡萄狩りに加わった。中国へテレビ番組のロケに赴いた折も、レストラン裏にある厨房へまわり、望まれもしないのに餃子作りを手伝い始めたら、「上手だねえ」と褒められたので、調子に乗って続けるうち、いつのまにか新任バイトと間違えられたらしい。撮影を終えたテレビスタッフが帰り支度をしているにもかかわらず、私の前には餃子の皮がどんどん積まれ、「遅い！　もっと早く包みなさい！」と怒られたこともあったっけ。

「アガワさんは、体験レポーター向きだなあ」

ディレクターに太鼓判を押され、しばらくどこへ行っても、「じゃ、やってみますか」が通例となった時期がある。

だからといって、それらの経験をその後、深く掘り下げようという探究心はない。ちょっと、やってみたいのである。専業の人々の輪に加わって、ほんのちょっとだけ、その感覚を身体で味わってみたいのだ。

でもそんな下心を吐露したら、本気で仕事をしている人たちに「なめんじゃねえ」と怒られてしまう。だから今回のドラマ撮影の現場でも、部外者としての責任が日を重ねるにつれ重くのしかかり始めている。

演技の仕事をするのは初めてではない。天下のNHKの朝ドラで、一日だけ「テレビ番組の司会者役」を演じたことがあるし、それ以前に映画にて、二人の息子の母親役を務めた。でも今回のように三ヵ月にわたる連ドラで役をいただくのは初めてだ。緊張感のレベルが違う。できるだけプロ集団の足を引っ張らぬよう、しっかり台詞を覚え、気持を込め、身体を動かし、声を発することに専念しよう。

「でもね」

と私は撮影当初、演出のJさんに向かって囁いてみた。

「私、無理に演技しようなんて思わないほうがいいですよね。自然がいいですよね。

だってシロウトだから」

するとj身長一メートル九十センチの元ラガーであるJさん、私を見下ろしてドスの利いた低音を発した。

「自然じゃダメです。声をもっと張って、滑舌をしっかり！　それが基本です！」

そうか。自然じゃダメなんだ。自然じゃないのに、いかにも自然のごとく台詞を言う。それが上手な演技というものか。演技道のほんのウン万分の一ほどに触れた思いがした。そして私は自分が無謀にも、この仕事を引き受けた理由の一つがここにあったことを思い知る。

初心者になれる。新人として、初歩から一つずつ、ベテランの後ろをついていく。こういうことが好きなのかもしれない。

決して怒られたいわけではない。ただ、人生の半分を過ぎた歳になってなお、先輩に教えられ、やり直し、ちょっと理解して、小さな達成感を得る。子供に帰ったような気がしてわくわくするのである。

ミシンの時代

今、連続テレビドラマの仕事にて私が演じている役柄は、老舗足袋屋に勤める縫製課のおばちゃんリーダーである。初めてロケに参加した日、台詞の稽古をつける以前に与えられた課題は、ミシンを巧みに操作することだった。手元はチラリとしか映らないかもしれない。それでも私の立場は、「五十年近くミシンを操って、その功績により表彰されたこともあるほどのベテラン縫製職人」である。嘘でも上手に見える動きをマスターする必要がある。その訓練のため、足袋縫い何十年というプロの先生がついてくださった。

撮影が行われる縫製課の作業場として、埼玉県行田市にある実際の足袋屋さんの縫製工場をお借りしている。体育館ほどの広さの作業場に、足踏み式のミシンが十数台。あら懐かしや。こういうミシン、昔はどこの家庭にもあったわねえと、しみじみした気持で見渡していると、

「こちらのミシンをアガワさんには担当してもらいます」

示された一台は足袋のつま先部分を専門に縫うため開発された、ドイツ式八方つま縫いミシンと呼ばれる特殊な機種であった。電動式ではあるが、足踏みのペダルもついている。そもそもはドイツにて靴を縫うために生まれたミシンらしいが、それを足袋縫いに応用したものだそうだ。足袋の底にあたる布と、甲の部分を成す布を中表にして揃え、縁に沿って針の下に設置し、軽くペダルを踏んで縫い始めると、自動的に立体的な膨らみが生まれる。どういう仕組みになっているのかシロウトにはわかりかねるが、おそらく下布と上布の送りの度合いをずらすことにより、ギャザーができるのだと思われる。そのギャザーのつき具合は、足袋のつま先でも場所によって微妙に違う。だから手元のスイッチを細かく操作しながら縫う。さらに親指部分の急カーブに沿って、布を上手に回転させる動作も同時に行わなければならない。簡単な作業ではない。にもかかわらず、この難易度の高いつま先縫い作業を、プロの先生はほんの数秒でこなしてしまう。ダダ、ダダダダダダ、ダダダダ。はい、一足分。こんな感じ。

「これを私にやれと言われても……」

不安になる。でも、つま縫い先生の見守る中、ミシンの前に座って針を睨みつけ、恐る恐るではあるがペダルを踏み、布を押さえて縫い進めるうちに、無性に楽しくなってきた。ミシンを動かすなんて、何年ぶりだろう。

あれはいくつのときだったか。小さな公団住宅に住んでいた頃だから、おそらく小学二、三年生あたりだったと思われる。ある日ふと、ウチにあった足踏み式ミシンの小さな抽斗を引いたら、中に古びた空の茶封筒を見つけた。

「なに、この封筒」

台所にいた母に訊ねると、母が割烹着で手を拭きながらミシンのそばに寄ってきて、ふふっと笑った。

「ああ、それね。その封筒に小銭を貯めて、それでこのミシンを買ったのよ」

母の一言に私はたいそう感動したことを覚えている。そのミシンが我が家へ来たのはおそらく私が物心つく以前のことである。少なくとも私が小学校へ入る前から、年季の入った木製のそのミシンは、我が家の家具の一員としてじゅうぶんな貫禄を見せていた。たぶん母が実家から持って来たものだろう。勝手に思い込んでいたところ、そうではなかったと知った瞬間だった。

結婚してまもなく、母と父が相談して貯金を始めたのだろうか。茶封筒を用意して、そこへ生活費の中から余った小銭を月にいくらかコツコツ貯めて、「いつかこれでミシンを買おう」と約束したらしい。父と母にそんな新婚夫婦らしい可愛い夢を抱いていた時代があったとは。ミシンが当時、いくらぐらいしたのか知らないが、ずいぶん途方もない計画を立てたものだと驚いた。

そのミシンを動かして、母は私の服を何枚もつくってくれた。当時の子供は母親手製の服やセーターを着ることが普通だった。婦人誌の巻末にはたいてい、誌面で紹介した服のつくり方と型紙が掲載されていたものだ。母が頻繁に利用していたのは、アメリカ製の子供服用パターンだった。まだ日本では珍しい簡易式の型紙セットで、両親が若い頃、アメリカを旅したときに買ってきたらしい。年齢別にラインを選べるようになっている薄紙のパターンを布の上に広げて型を取り、布を裁断し、あとはマニュアルに従って縫い付けていくだけ。一種類のワンピースのパターンを使って、薄い布でつくれば夏のワンピース、厚手の布でつくれば冬用のジャンパースカートにもなる。Aラインノースリーブの、背中でリボン結びにするそのデザインのワンピースを私は好きだった。次はどの色、どんな生地で縫ってもらおうかと、楽しみにしていた記憶がある。

手先のことなら何でもやってみたいタチであったが、私は母と違い、裁縫は苦手だった。でもミシンは使ってみたい。子供の頃、母のミシンを借りて縫ったのは、もっぱら雑巾だった気がする。古くなったタオルを二つ折りにして針の下にセットする。上糸と下糸を揃えて後ろに引き、押さえのレバーを落とし、ペダルをゆっくり踏み始める。カタカタ、カタカタカタカタ。慣れるに従ってペダル踏みのスピードを上げる。まっすぐに縫い、角に来てスピードを落とし、調子に乗るうち、雑巾にクロスマークやハートマークをつけてみる。雑巾づくりに精を出している頃、誰かに教えられた。

「日本人が初めてミシンを見たときに、『これはなんですか』って外国人に訊ねたら『ソーイングマシーン』って答えが返ってきたから、その後ろだけ取って、『マシーン』を『ミシン』って呼ぶようになったんだって」

行田の足袋屋の作業場で久しぶりにミシンのペダルを踏んでいるうちに、いろいろな思い出が蘇ってきた。

マンモスおじちゃん

童謡「サッちゃん」の生みの親である芥川賞作家・阪田寛夫氏の長女が、このたび父上の思い出を一冊にまとめられた。タイトルは『枕詞はサッちゃん　照れやな詩人、父・阪田寛夫の人生』。著者の内藤啓子さんと私は一歳違いで、幼稚園からの友達である。

昭和三十年代の中頃、我が家と阪田家は中野区鷺宮（さぎのみや）の同じ公団住宅内にあり、子供の足で歩いても五分とかからないご近所同士だった。アガワ一家は私が小学三年生の終わりに新宿区へ引っ越したため、その後やや疎遠になった。が、引っ越すまでの四年近くは、それこそ毎日のように阪田家へ遊びに行き、一つ歳上の啓ちゃんと三歳下のなつめちゃん（のちの宝塚トップスター・大浦みずき）の間に挟まって日が暮れるまで居座り、阪田おばちゃんお手製のアイスクリームや、当時としては珍しかった生クリームのいちごショートケーキに感動し、一家の誰かが弾くピアノの「猫踏んじゃった」に合わせて歌ったり連弾をしたり、のどかなのに可笑しい大阪弁の家族の会話に加わったりして楽しんだ。後年、私はいろいろな人に、「よくあの短気でワンマンなお父さんのもとに育って、ぐれることもなく、明るく育ったものだね」とお褒め(?)の言葉をいただくが、それは、阪田家の温かくもユーモア溢れる空気にどっぷり浸らせていただいたおかげだと思う。

幼心にも、どうやら啓ちゃんのお父さんが自分の父親同様、原稿用紙に向かう仕事をしていることは薄々理解していた。にもかかわらず阪田おじちゃんは、いつ私が遊びに行っても機嫌の悪そうな気配がない。たいてい二階の奥の小さな書斎で静かに仕事をしていて、どれほど階下で子供たちが大声を出そうがキーキー泣きわめこうが、「うるさい!」と怒声の飛んでくることはなかった。阪田おじちゃんは怒鳴らない人、ウチの父は怒鳴る人。だからここにいれば安全だと、私はのびのび過ごすことができたのだ。

「家の中では、うるさくてしつこく、気弱なくせに滑稽で助平で変なオジサンだが、外に向かっては過剰な劣等感と羞恥心を持ち、人前に出ること、喋ることが大の苦手な父であった」(『枕詞はサッちゃん』新潮社より)

阪田おじちゃんのことを、うるさくてしつこいオジサンと思ったことはないけれど、たしかに子供の前でも恥ずかしそうにしていらした記憶がある。だからあまり姿を現さなかったのかもしれない。

一度だけ、阪田家の食卓で私がお菓子をいただいていたときに、大柄な阪田おじちゃんが眠そうな顔で背後から近づいてきて、「サワコちゃん、ちょっと教えてほしいんやけど」と声をかけられた。

「お宅でお母さんがいつも作る鰹節弁当の作り方、教えてくれない？」

そんなことなら私でも教えられる。私は意気揚々と語り始めた。

「まずお弁当箱に薄くご飯を敷いて、その上に削った鰹節をまぶして、醬油をタラタラッとかけて、その上に海苔をかぶせて、またご飯を薄く敷いて、その上に削った鰹節をまぶして、醬油をタラタラッとかけて、海苔で蓋をするの。三段にするときもあるよ」

「ありがとうありがとう」と阪田おじちゃんは私の頭を撫で、嬉しそうにのそのそと、再び二階へ消えていった。

ゆくゆくはこれが新しい阪田おじちゃん作詞の歌となり、もしかしてＮＨＫの『みんなのうた』で歌われるようになるのかな、そして、「そもそもこの歌が生まれたのは阿川佐和子さんのおかげです」と言われるようになるかもしれないと私はたっぷり妄想を抱いた。結局、『みんなのうた』で歌われることはなかったが、かわりに合唱組曲『遠足』の中の一曲、「おべんとう」という輪唱曲となり、全国の学校で歌われた。その経緯は啓ちゃんの本の冒頭にも触れられている。

阪田おじちゃんのつくった歌が『みんなのうた』で歌われればいいなと私が妄想した理由は、当時、阪田おじちゃんは「おなかのへるうた」や「おとなマーチ」などで同じ団地の子供たちの間では有名人だったからである。「おなかのへるうた」がNHKの『みんなのうた』で流れる前、ある日、啓ちゃんが団地の歩道に立ち、我々子供仲間にこう告げた。

「今度、ウチのとうちゃんが書いた『おなかのへるうた』が『みんなのうた』で採用されるかもしれないんだけど、『かあちゃん』のところを『おかあさん』に直せって言ってきたんだって」

その話を聞いた団地子供軍団はこぞって憤慨した。

「NHKはこの歌の良さをわかってない。『おかあさん』じゃ、ぜんぜん面白くない！」
　そんな声が届いたかどうかは知らないが、まもなく「かあちゃん」で行きましょうということになったと、再び啓ちゃんから報告を受け、みんなで「ばんざーい！」と叫んだのをはっきり覚えている。当時、まだ小学一、二年生だった私たちでさえ、阪田おじちゃんの歌の魅力をじゅうぶんにわかっていた。
　阪田家のピアノの後ろの壁に大きな額が飾られていた。阪田氏の詩である。

ライオン王さん
どえらい声でいいました
ものろもつるけえ！

　冒頭三行だけで幼かった私の心は一気に魅せられた。「マンモス」というタイトルのこの詩にメロディがついたものを私は聴いた記憶がないけれど、この詩のことは忘れない。森の動物全員に召集令状を出したのに、マンモスだけ姿を現さない。ライオン王さん怒り狂って、「マンモスはどないしよったあ！」。すると誰かが一言。

マンモスはひるねですわい

　この詩のことを思い出すたび、阪田おじちゃんの、昼寝をしているようなのどかな顔が目に浮かぶ。そして、傍目には穏やかそうに見えた阪田寛夫という作家もまた、娘にずいぶん苦労をかけたことをこの本で知り、ホッとしつつも、涙が止まらない。

悲観のとなり

　生前、父はことあるごとに「あー、いやだ！」「いやだいやだ」と文句を言い続けていた。なにがそんなにいやなんですかと母が問うと、

「別にお前に文句を言っているわけじゃない。何もかもがいやなんだ。いやだいやだと思う自分もいやになる」

　どうにも救いがたい言葉が返ってきたものだ。どうしてこう悲観的なのだろう。悲観的な人間は、自分の身に起こる事象すべてが期待したことと反対になると断言する。コップに水が半分入っているのを見て、「半分も入ってる」と安堵することは決してなく、必ず「半分しかない」と悲観する。父はそういうタイプだった。

「俺が出先から電話をすると、必ず話し中だ」

　そうやって不機嫌になられるのが怖いので、家人は父が出かけたあとも緊張感を保ち（在宅しているときとて、家族の長電話は禁じられていたが）、なるべく短めに電

話を切ることを心がけていた。それなのに電話を切った途端、待ってましたとばかりにリリリンと鳴り響き、受話器を取るや、父の不愉快そうな声がする。

「いったい誰と話していたんだ。ずっと話し中だったぞ。俺がかけると必ず話し中だ！」

車を運転して出かける前は、「きっと道が渋滞しているだろう」と想像して暗い顔をし、帰宅した途端、「俺が交差点にさしかかると運命的に（信号が）赤になる」と愚痴をこぼした。でも、そんなことはないと思う。青信号のときもたくさんあったはずなのだが、青信号で通り過ぎた交差点のことは覚えていないらしい。

そういえば私が二十代になるかならぬかの、まだ結婚相手の候補のかけらもなかった時分から、

「俺は披露宴というものが嫌いだ。新婦の友人という奴らが面白くもないスピーチを長々とするし、くだらん色直しを何度もするし。招かれた客は司会者に『拍手でお迎えください』などと指示されて、まったく不愉快極まりない」

父は想像するだけで怒り出し、私に向かって言ったものである。

「しかし、お相手の立場上、どうしても色直しをしなければならないことはあるだろ

う。そうなったら嫌がらせついでに新婦の父親も色直しをしてやろうじゃないか」

その思いつきの顚末は、父娘ともども、すでに他で書いたゆえ割愛させていただくが、ことほど左様に父は自らが不愉快になる方向へ思考を膨らませるのが得意であった。悲観するだけではない。悲観したあげく、不機嫌になるのである。

もし私が父の履歴書を代筆する機会があったとしたら（現実にはそういうチャンスには恵まれなかったが）、「特技」の欄にこう記してやりたかった。

「想像して腹を立てることができる」

ネガティブオーラ婦人というものをご存じだろうか。十年ほど昔、シティボーイズ（大竹まこと、きたろう、斉木しげる）のライブを観に行ったときのこと。パントマイマーで俳優の中村有志氏が女装して現れた。金髪チリチリ頭に派手なロングドレスをまとい、いかにも優雅なマダム風である。そのゴージャスマダムが舞台の上を切なげな目つきでしばし歩き回ったのち、続いて現れた殿方と会話が始まる。

「こんにちは。お名前は？」

殿方が訊ねると金髪婦人は答える。

「ネガティブオーラ婦人。どうせ覚えていただけないでしょうけれど」

「いやいや、そんなことありませんよ。なにか、お話をしてくださいませんか」

「私が話をしたところで、どうせ面白くはありませんよ」

「話してみなければわからないじゃないですか。では、好きな音はなんでしょう」

「老人の咳」

「えーと、死ぬ前にしたいことは？」

「反省、反省、後悔ばかり」

と、だいぶ以前の記憶ゆえ正確ではないけれど、そんなネガティブなやりとりが続くのが可笑しくて、爆笑しながら観るうちに、父のことを思い出した。

父はまさしくネガティブオーラじいさんだった。亡くなって二年の月日が過ぎても思い浮かぶのは、父のニコニコした顔より、「あー、いやだ」とつぶやくときの苦々しい表情ばかりである。

ジャズのスタンダードナンバーの一つに「バット・ノット・フォー・ミー」（ガーシュイン兄弟作）がある。私はそれをロッド・スチュワートの歌声で知った。

みんなが愛の歌を書いているけど

でも僕のためじゃない
幸運の星が空にまたたいているけど
でも僕のためじゃない

初めて聴いたときは驚いた。なんという悲観的な歌だろう。いくら失恋したとはいえ、しかもこんな軽快なメロディに乗りながら、そこまで僻まなくてもいいんじゃないの？　驚きながら笑いが止まらなくなった。

そうなのである。悲観的な人の言葉を聞くと、私はつい噴き出してしまう。悲観主義者の言葉には、人を明るい気持にさせる力があるのではないか。私もつらい。私も苦しい。でもあなたの言葉を聞くと、そこまで私はつらくないかもしれないと、そういう気持にさせてくれる何かがある。父が生きている間、あの暗い顔を見るのは嫌いだったけれど、今、思い出すと、父の徹底した悲観と怒りのとなりには、本人にそのつもりがなくとも、プッと噴き出したくなるようなユーモアが潜んでいた気がする。

走れメロメロ

いつの頃からか、走ることがなくなった。小走りぐらいはする。青信号が点滅を始めたとき。ゴルフ場でボールが林のなかへ飛んでいって急いで探さなければならないとき。ホームに入ってきた電車に飛び乗ろうとするとき。いや、最近、駅ではあまり走らない。若い頃のように階段を早足で、あるいは一段飛びに上ったり下りたりができなくなった。体力の問題だけでなく、足が気持についていけないのだ。危うく足を踏み外しそうになったことが何度もある。だから無理せず、次の電車を待つことにする。

ヒールの高い靴を履いているときはなおさら走るのが苦痛になる。走っても百メートルと続かない。すぐ腰が痛くなる。

かれこれ二十年以上昔、母校から講演を頼まれた。終業式の朝、後輩中学生たちの前で話をしてください。そう依頼され快くお受けしたまではよかったが、当日、寝ぼけた頭に電話の鳴る音が聞こえ、受話器を取ったら恩師の低い声がした。

「やっぱり寝ておられましたか……」

一気に目が覚めた。取るものも取りあえず、服に着替えて化粧もそこそこに、自宅を出て地下鉄に乗り、母校最寄り駅で降り、そこから走る、走る、走る。昔、毎朝のように「遅刻だあ！」と叫びながら走った道を、走る、走る、走る。が、スーツにヒール靴では限度がある。すぐにへこたれて、何度も道に座り込んだ。中学時代、駅から学校まで走って二分半の記録を持っていた私が、なんたる体たらく。あの朝、はっきりと自覚した。

もう昔のようには走れない……。

余談ながらその日の顚末はといえば、母校校門にゼーゼー言いながらようやく辿り着いたのち、中学生六百人近くが待つ講堂の壇に上って、「えーと、皆さん、お待たせして申し訳ありません」と、そこでやめればよかったものを、つい正直に、

「寝坊しました！」

マイクを通して白状したとたん、

「え――――――っ⁉」

怒濤のような若い声が講堂中に響きわたり、先輩の威厳はその瞬間、地に落ちた。

あの頃からである。もう本気で走るのはやめよう。幸い、子供がいない身。今後、子孫のために運動会でスプーン競走なんぞに参加することはないだろう。会社勤めでもないから、社内スポーツ大会に出る機会もない。

そう思って油断していたら、昨年、突然、言い渡された。

「アガワさん、走れます？」

何を隠そう、出演したドラマの中で駅伝大会に出場することになったのだ。

私の役どころは老舗足袋屋の縫製課リーダー。普段はミシンを踏んで足袋を縫うのが仕事だが、役所広司さん演じる社長が突然、新たに開発したマラソン足袋を履いて社員みんなで市民駅伝大会に出ようと言い出す。

「えええええ？」

社員全員、いったんは否定的になるが、まもなく、「よし、走ろうじゃないか！」と乗り出した、私演じる「あけみ」の積極的な反応に、他の社員たちから、「まさか、あけみさんも走る気？」。無理もない。駅伝に参加する社員の中でいちばんの高齢者は私である。役どころのみならず、実年齢も最年長だ。そういう脚本でいこうと決めた監督もプロデューサーも内心では半信半疑だったらしい。

「無理しないでくださいね……」

事前に打診してきたプロデューサーの及び腰な様子にかえって私は燃えた。

「走れますとも！」

こう見えても小学校時代はリレーの選手だったのだ。もっとも当時から、短距離は得意だが長距離は苦手だった。校舎のまわりを一周するだけできつかった記憶がある。短距離なら他の走者を抜く快感があるのに、長く走るとどんどん抜かれていくのはどうしてか。

「吐く吐く、吸う吸う。二度ずつ呼吸してごらん」

苦しそうに走る私の横で先生が教えてくださった。長く走らなければならないときは、いつもその呼吸法を思い出す。

さてドラマでは駅伝大会に参加した場合、一人四キロを走る設定であったが、実際は撮影に必要なポイント箇所だけを走ればいいことになっていた。大丈夫だろう。簡単に終わるにちがいない。何ごとも甘く見る傾向がある。そして当日、埼玉県行田市にて、たくさんのエキストラ観客の皆さんに囲まれるなか撮影が始まった。前走者からたすきを受け取って快調に走り出すシーン。途中、勢いを失って二人のランナーにあっけなく抜かれるシーン。ゴールに近づき、ヘロヘロによろけつつも次の走者にたすきを手渡し、倒れ込むシーン。駅伝に参加する以前、仲間と猛特訓に励み、走り込んだり筋トレをしたりするシーン。その一つ一つのシーンに、ドライリハーサル（カメラを回さずにためしに役者が動きをつくってみせるリハーサル）、テスト本番（出来がよければ本番用に使われるが、基本的にテスト撮影）、本番（これは本気）、出来が悪ければ再度本番……、念のためもう一回などと、つまりは同じシーンを四、五回繰り返すことになる。総計すればけっこうな距離を走る計算だ。初めのうちはケロリとしていた私だが、次第に腰と腿が張り始めた。吐く吐く、吸う吸う。小学校の恩師の教えを思い出しながら、私は監督の指示に従って走った、走った。こうして、なんとか無事に撮影を終えることができたのだが、驚いたのは二日後である。腿、ふくらはぎ、腰、腕（なんで？）、臀部、首などの痛いこと痛いこと。普段、どれほど筋肉を使わずに生きているかがわかった。そして、本物のランナーたちはなぜ脚がつってても走り続けることができるのか、正月の箱根駅伝を見ながら、私はおおいに改めて感嘆した。一人約二十キロだぞ、信じられないね。マラソンなんて四十二キロ以上、もっと信じられません。

開かずの段ボール箱

小さな引っ越しをした。

同じマンション内の、少し間取りの広い部屋へ移ることにしたのである。仕事が立て込んで多忙の鬱憤を晴らしたい転地療養衝動が心の奥底にあったかもしれない。家族構成に変化をきたし（ってほどのことでもないですが）、手狭になったという物的理由もある。たまたま「空き部屋ってありますか？」とマンション管理会社に問い合わせたところ、「ありますよー」と即答されて「見るだけ！」のつもりで見学したのが運の尽き。大きな人生の転機は、案外、ささやかな衝動によって起こるものである。

「よし、移るぞ！」と決めたときは晴れやかな気持だった。なにしろ同じマンション内の移動である。さほど大変ではないだろうと、タカをくっていた。ところが、引っ越しを決めたその日から、「この作業に終わりは訪れるのだろうか……」と不安になる日々が続いた。引っ越し当日を迎える前に、「大物は業者さんにお願いするとして、手で運べるものは少しずつ運んでいこう」とケチな根性を発揮した私は、仕事を終えて帰ってくると毎晩、夜逃げかと思われそうな気配を漂わせつつ、カートに小さな荷物を載せて、マンションフロント前を通り過ぎ、ガラガラゴロゴロと新居へモノを運び入れる。引っ越し業者の若者が来たときに、「へ、アガワサワコの部屋ってこんなに汚いの？」と呆れられない程度に片づけておこうと急に掃除を始めたり、あまりにも汚いものや壊れやすそうなものは先に移動させておいたり、捨てたり分けたり集めたり、また拾ったり眺めたり。そうこうしているうちに思い知った。

いったい自分はどれほどの無駄な荷物を溜め込んで生きてきたのだろう。埃にまみれたこのガラクタたちのために、私は長らく家賃を払ってきた。ああ、情けなや。いっそ全部捨ててしまおうと腹をくくりかけるのだが、結局、決行できないのは吝嗇のなせる業か、はたまた未練がましい性（さが）ゆえか。いざ、「捨てるぞ！」と手に持ってゴミ箱の前に立つと、薄汚れたぬいぐるみや賞味期限のとうに過ぎた海苔やシミのついたブラウスが、「やめて、私を捨てないで！」と叫ぶ。いや、叫んでいるような気がするのである。

「これはたしか十五年前、この部屋に引っ越したときからずっと開けないままになっていましたよね？　もう……」

部屋の片隅に置かれた段ボール箱を見下ろして、秘書アヤヤが呟いた。すると続けて、

「十五年間、開けなかったものは、これからの人生には不要ってことだよ。このままポイしちゃったら？」

新たな家人もアヤヤに同意する。

「ちょっと待って！」

二人の言うことはまことにごもっとも。が、たしかこの段ボール箱には長年にわたって残してきた手紙類や必要書類を収めていたはずだ。もしかすると貴重な手紙や資料があったかもしれない。それをここで検証し、「必要なもの」「不要なもの」に分類する作業を始めたら、とてつもない時間を要することになるだろう。今は時間がない。今度にしよう。そう思っているうちに十五年の歳月が流れ、この段ボール箱は、いつのまにか家の風景の一部になっていた。

「そうなんだよね。一度、開けちゃうと、懐かしいものがいっぱい出てきたりしてさ。

つい読み込んだりして、そこで作業が中断して、結局、片づかない」「開かずの段ボール箱」の話をすると、苦笑いをしながら溜め息をつかれることが多い。きっと誰もが、私と同じような「開かずの箱」や「開かずの扉」や「開かずの抽斗」を抱えているにちがいないのだ。

歳を取ってからの引っ越しは避けたほうがいいとか、引っ越したとたんに身体を壊すとか、よく言われるが、それは急激な環境変化が心身にマイナスの影響を及ぼせいだ、と長らく思っていた。が、加えて体力的な理由もあるにちがいないとこのたび気がついた。引っ越しは体力との勝負である。腰、膝、腕の痛みがみるみる増し、埃でくしゃみが止まらず、手先はいつのまにか切り傷だらけになり、加えて指先、手の甲、なぜか唇のまわりまでがカサカサに乾燥する。痛む腰をさすりつつ、ああ、あこの本棚も片づけなければと頭を巡らせ、手にハンドクリームを塗りながら、バスルームがまだ手つかずだったことを思い出す。そして引っ越し当日、見事な手際の良さでプロの業者スタッフの皆様にすべての荷物を移動してもらったのちも、今度は新居にて、段ボール箱開け、適所への収納、分類、整理、ゴミ捨て、掃除、片づけに追われ、腰を曲げ、肩を揉む日々が続いている。

「本当に大変。命を削るわよ。もう二度としたくない！」

私と同時期に引っ越しを果たした少し歳上の友人が吐き捨てるように言った。おっしゃる通り。歳を重ねてからの引っ越しは、それだけで命が削られたような脱力を強いる。六十代の半ばでこの疲労ぶりだから、七十代、八十代になって家を始末しようとしたら、自力ではとうてい無理だろう。まして死んだのち、子供のない私の家財をいったい誰が片づけてくれるというのか。他人様に迷惑をかけないうちに荷物を減らしておかなければならない。このたびの引っ越しを機に改めて身に染みた。

「で、この段ボール箱はどうする？」

中身を検証する間もなくそのまま新居に持ち込んだ「開かずの箱」を抱えて家人が私に問うた。

「えーと。とりあえずそこに置いておいて」

家人は段ボール箱を床に置きながら、ニヤリと笑った。

「死ぬまでに開くとこ、見てみたいね」

いつか開けますよ。必ず開けますってば。

ガムテープで封印された箱は今、新しい場所を得て、堂々と鎮座している。

レンジレス

今、電子レンジのない生活をしている。

引っ越しをしたら新しい部屋に電子レンジがついていなかった。同じマンション内の移動にもかかわらず、部屋によって設備の内容が異なるらしい。以前の部屋ではオーブンと電子レンジが一体になっていたのだが、今度の台所に備え付けられていたのはオーブン単体だったのだ。新たな部屋の契約をする時点で気づいたのだが、「引っ越してから考えよう」と対策を先延ばしにした。

前回書いたとおり、引っ越しを機に、これまでどれほど余分な荷物を溜め込んできたかを改めて、嫌というほど思い知った。もう増やすまい。なるべく買うまい。元来がモノを捨てられない性格である。増やすことを断念する以外、身辺をすっきりさせる方法はない。

一つ捨てたら買ってもよろしい。捨てる前に買ってはならぬ。

元旦に一年の計をこれと決めた。

よし、電子レンジのない生活をしてみようじゃないの。そうすれば、「一つ減った！」計算になるはずだ。

思えばつい三十年ほど前までは、電子レンジなど使わずに平然と生きていたのである。ないと死ぬわけでもあるまいし。少し前の生活に戻ればいいだけだ。

今夜は冷えるから熱燗でもつけるかなと、同居人であるノラクラおじさんが一升瓶から徳利に日本酒を注ぎ、その徳利を手に、

「えーと、電子レンジは……なかったんだな」

台所をノラクラ一周しながら再確認したのち、その手をやかんに持ち替える。水を入れ、火にかけて、蓋の開いたやかんの中央に徳利をそっと浸す。ほほお、こういう光景、久しぶり。昔よく父に命じられたものである。

「おい、日本酒をつけてくれないか」

「はあーい」

父のお酒の段取りは娘の仕事と相場が決まっていた。私は箸を置き、食卓を離れて台所へ走り込む。床に置かれた一升瓶をよっこらしょっと持ち上げて、徳利めがけて

傾け、チョロチョロチョロと少しずつ注ぎ入れていくのだが、まだかまだかと思う間に、オットット。満杯は突然に訪れる。徳利の細い首を通り過ぎる際、スピードが加速するせいだ。そうとわかっているのに必ずこぼす。こぼれた日本酒を布巾で拭きながら、徳利の口いっぱいに盛り上がった分を、自らの口を近づけてこっそりすすり上げる。これぞ労働者のささやかな中間搾取というものだ。

さて、やかんの湯が沸いて、日本酒が温まるまでしばらく時間がかかる。ガス台の前に立って待つのも手持ち無沙汰になり、私はいったん食卓に戻り、中断していた食事を再開する。が、まもなく視線を感じる。父が私を睨んでいた。そこでハタと思い出す。

「あ、日本酒！」

「忘れていると思ったよ。やれやれ、もう煮えたぎっているぞ」

父の嫌みを背にガス台へ駆け寄ると、案の定、徳利がカタカタと湯に揺られて踊っている。アチチ、アチチ、アチチと私は徳利をやかんから取り出して、小走りで父の元へ運ぶ。アチチ、アチチと父は徳利の首をつまみ、自らお猪口（ちょこ）に注ぐ。父娘のやりとりは、こんな小さなところにあったものだ。

やかんが電子レンジに代替わりしたのはいつのことだったろう。「おい、日本酒をつけてくれ」という父の声と「はあーい」と私が食卓を立ち上がるまでは昔と変わらなかったが、そのあと私が慌てて椅子から跳び上がることも、徳利が踊ることもなくなった。電子レンジは正確に、「チン！」と役割の終了を高らかに告げてくれる。便利にはなったが、かすかに味気ない。

引っ越しののち、電子レンジなき生活を始めてまもなく、

「冷凍ご飯はどうすればいいの？」

ノラクラおじさんが、カチンコチンの白いかたまりを持って呆然と立っている。

「そうか……」と私は曖昧に答え、思いつく。

「蒸し器で蒸すのはどうかしら」

そう言いながら、私はシンクの下を漁り始める。蒸し調理用のプレートをここにしまったはずである。使う頻度が低いものは奥のほうに突っ込んだ。いちばん古い蒸し用プレートは、ずっと昔に母がハワイで見つけて私にも一枚くれたもの。ステンレス製で、穴の開いた周囲の羽は折りたたみ式になっているため、どんなサイズの鍋にも対応できる。が、長年使っているうちに、羽の一つが外れ、歯抜けの状態だ。いや、

もう一つ、数年前に私がサンフランシスコの空港のキッチングッズ専門店で見つけて購入したものがあった。ゴム製で、赤い色が派手ではあるが、こちらもまた鍋の大きさを選ばない。

「そうそう、もっと本格的なのを持ってたぞ」

三十年近く昔、台湾を旅したときに買ってきたものだ。現地の飲茶屋さんへ行くと、竹で編まれた味わいのある蒸し器が登場した。小さい蒸し器、大きい蒸し器、大きさの異なる蒸し器からもうもうと湯気が立ち上り、同時に竹の香りが漂って、見るからに美味しそうである。

「そうだ、これを土産に買って帰ろう！」

直径十五センチほどの極小の蒸し器と、直径三十センチほどの大きな蒸し器を紐で括り、飛行機に背負い込んだ姿はまるで行商に出かけるオバサンそのものだったのを思い出す。

その後しばらく蒸し器ブームが続いたが、やがて熱は冷め、表舞台に登場する頻度が次第に減っていった。

「どれにする？　いろいろありまっせ」

ハワイの折りたたみ式、サンフランシスコのゴム製、台湾の竹製。三つを並べてノラクラおじさんに問うと、

「いちばん簡単なのがいい」

そう言って、赤いサンフランシスコ君を取り上げ、水を張った片手鍋に収めた。

電子レンジがないおかげで、久しく使っていなかった調理道具が息を吹き返した。出演の場を得た彼らもこころなしか喜んでいるように見える。もっともこのレンジレス生活がいつまで続くかは、保証のかぎりではない。

遅咲きシクラメン

私には「みどりのゆび」がない。そのことは前にも書いた。『みどりのゆび』は、モーリス・ドリュオン作の童話であり、岩波少年文庫に収録されている。指で触れるとたちまちそこに花が咲くという不思議な能力を持つチト少年が、町じゅうを花でいっぱいにし、諍い（いさか）の絶えない大人たちの心を和ませ、さらに戦争を阻止しようとする物語である。戦争を止める能力はさておいて、「花を咲かせる力」のある人がずっと羨ましかった。

母には「みどりのゆび」がある。母が軽々と育て咲かせる花を見るたびに、「あーあ、母さんには『みどりのゆび』があるのに、私にはないなあ」と嘆いたものだ。その私が数年前、シクラメンを二年続けて咲かせることに成功した。快挙である。もしかして、私にも「みどりのゆび」の能力が備わったのかもしれない、と我ながら感動した。

その越年シクラメンは残念ながら三年目に枯れてしまったが、それからしばしのブランクを経て、改めて一昨年の暮れに大ぶりのシクラメンの鉢を購入し、できるだけ長生きさせようと決意する。もう私には「みどりのゆび」があるもんね。そう自負したのも束の間、シクラメンの赤い花がみるみる色あせて、花も葉っぱもあれよあれよという間にしょぼくれていった。いったい何がいけないのだろう。植物に詳しい友人に聞いたら、

「水は上からかけちゃダメ」

「それはわかってる。土に直接やってるよ」

「そうじゃなくて、鉢の下に水を張って、根から吸い上げるようにさせたほうがいい」

なるほど。賢者はまことに賢者である。私は調理用のボウルに水を張り、そこに鉢を浸けた。加えて室内に置いていた鉢をバルコニーに出し、「ちょっと寒いかもしれないけれど、直射日光にバンバン当たって元気になりなさい！」と、シクラメンを叱咤激励した。すると、元気になったのである。弱々しかった茎に生気が蘇り、花々が再び鮮やかな色を取り戻した。やはり太陽の力は偉大であった。我がシクラメンは寒

さにめげず、冬の雨にもくじけず、立派に華麗なる花の生涯を貫いたのだ。まもなくそのつとめを全うし、春が訪れて、葉も花もすっかり枯れ、夏が過ぎ、秋を迎える頃にまた、素っ裸になった茶色い球根から小さな葉っぱの赤ちゃんが一つ、そしてまた一つ、生まれ始めた。

「ほっほっほ。今年も咲かせてみせるぞ！」

私は期待に胸を膨らませ、冬の到来を待ちわびた。夏の終わり頃からしだいに育ち始めた葉っぱ君たちは、前年のそれよりさらに逞しく見えた。ぐんぐん丈を伸ばし、その茎はもやしの五倍はあるかと思われるほどに堅くて太い。いつのまにかシクラメンの鉢はワイルドな緑の葉のジャングルと化した。

本格的に風が冷たくなり始めた頃、緑のジャングルの隙間に小さな蕾（つぼみ）らしきものが現れた。

「ほっほっほ。とうとう花が出てきたぞ」

私はほくそ笑み、可憐な蕾に囁きかけた。

「大きくなあれ！　天まで届け！」

ジャックの気分である。毎朝、水の吸い上げ具合を確かめて、水を補給したり葉っぱを撫でたり、奥に埋もれた蕾に語りかけたりする。

「大きくなあれ！　天まで届け！」

この分でいけばクリスマスには赤い花でいっぱいになるだろう。

ところが……。

蕾がちっとも成長しない。クリスマスを過ぎ、年が明けてもなお、赤ちゃん蕾は赤ちゃんのままだった。数は次々出てくるくせに、なぜ赤ちゃんは大きくならないの？ここは新生児室じゃないぞ。

葉が茂り過ぎているからではないか。森の木々に間伐が欠かせないのと同様、シクラメンのジャングルも間引きをしたほうがよいのではないか。小さな蕾にさんさんと太陽の陽が注ぎ込むよう、私は立派な葉っぱを「ごめんね」と謝りながら引き抜いた。コイツも邪魔、コイツも邪魔と引き抜くうち、蕾の姿は露わになったが、全体の見た目は間が抜けた。それでも風通しと日当たり環境は改善され、きっとこれで大丈夫だろう。それなのに、ああ、それなのに、蕾は蕾のままである。

続いて第二の賢者、近所の花屋さんの知恵を借りることにした。

「蕾が大きくならないんですが……」

「ああ、それは土の力が落ちているからでしょう。液体肥料を水で薄めて与えてください」

私はすぐさま実行した。そして待つ。が、なかなか蕾は大きくなってくれない。ちょうどその頃、華道家の假屋崎省吾さんにお会いした。花と暮らす魅力をたくさん伺ったあと、ついでに悩みを打ち明けた。

「ウチのシクラメンが……」

すると第三の賢者は間髪をいれず、

「それは寒いのよ。お花はある程度、暖かくしてあげないと咲かないの。室内の陽の当たるところに置いたほうがいいわね」

私は帰宅するとさっそくシクラメンをバルコニーから取り込んで、ガラス越しに陽の当たる場所へ置き換えた。そうか、寒かったのね。思えばこのところ、肌を突き刺すほどの冷たい空気が東京を覆っていた。でもシクラメンはそもそも冬の花である。暖かさより日光が大事だろう。そう信じ切っていた。寒くても耐えるのだ！　そう言い聞かせていたつもりだが、

「いくらなんでも、寒いっす」

シクラメンの心の叫びを私は汲み取ることができていなかった。

それから二週間。じわじわと蕾は膨らんで、白い花弁に赤みが差し、丈もすくすく伸びてきた。一輪、また一輪と、尖った赤い蕾がふんわりほどけていく。なんという美しさであることか。

今、私のシクラメンの鉢には真っ赤に羽ばたく花が二十二輪。これから咲こうと成長中の蕾はさらに四十個ほど、緑の葉の陰で控えている。賢者たちの知恵を求めて何千里。とうとうここまで辿り着いたのだ。

やったぜ、ベイビー。

それにしても、花が咲くまで時間がかかったものである。持ち主に似るのかしら。

あとがき

父は晩年、新聞の死亡記事を見ては、「あの人が死んだ、この人も死んだ」といちいち浮かぬ顔をした。お悔やみに出かける支度をしながら、「毎週のように葬式だ。あー、イヤだイヤだ」と、誰に向けて腹を立てているのか知らないが、めっぽう不機嫌だった。そのうち、そんなに親しかったとも思えぬ有名人の死亡ニュースを見ても、「俺より若い」と暗く呟いて、深い溜め息をついた。

「そんなこと言ったって、人間いつかは死ぬんだから、しかたないわよ」

楽観的な母が小声で慰めるが、父の表情は明るくならなかった。父を見ながら想像したものだ。いつか私も父と同様、親しい人々を次々に失うときが訪れるのだろうか。そして父のように鬱々とするのだろうかと。

還暦を越したあたりから、ジワジワと想像が現実に近づき始めた感がある。

「え、お亡くなりになったの？」

知人友人の訃報に接し、ショックを受ける頻度が高くなってきた。喪服に手を通す回数が増えている。本書にも、別れについて書いたものが心なしか多い。父の葬儀の話から始まって、思えば何人の思い出話を書いたことだろう。もう二度と会えない人を偲び、残された家族友人の心に思いを馳せるうち、無意識に「はあ……」と溜め息をついている自分に気づく。いかんいかん。父と同じになってしまう。

自分に活を入れるとき、思い浮かぶのはシクラメンの姿である。栄華の時代を過ぎたシクラメンの花は、「イヤだイヤだ」と文句も言わず、泣きわめくこともなく、ただ静かに朽ちていく。「あんたはまだ若くてきれいでいいねえ」なんて、隣の花に嫉妬することなく、よろよろしょぼしょぼ枯れていく。別にシクラメンに限ったことではないけれど、人間以外の多くの生物は、自らの運命をあるがままに受け入れる。偉いよねえ。

月や太陽は、毎日毎晩、ほぼ同じ位置から昇ってきては沈んでいく。もちろんそれは、地球が自転しているからそう見えるだけだということを、わかっちゃいるが、見るたびに感心する。よく飽きないものだ。眺める私はちっとも飽きることがない。月の満ち欠け、太陽の輝きと大きさ、発する光の強さに、何万回、感動しただろう。思わず拍手したくなるほど美しい。でも、月と太陽に私の拍手は聞こえていないはずだ。他人に評価されずとも、おのれのなすべきことをひたすら繰り返す。偉いよねえ。

森羅万象の動きに比して、私はなんと、ブッ散らかった日々を過ごしていることか。部屋が汚いだけではない。人生そのものがブッ散らかっている。結婚してもその散らかりぶりの収まる気配はない。原稿締め切りとインタビューの資料読みに追われ、頭にカーラーをつけて朝ご飯の支度をし、もの忘れが進んだ耳の遠い母を相手に大声でわめき、「ああ、忙しい」「腰が痛い」「間に合わんぞ」と独り言を呟きながら家の中を駆け回る。日が沈む頃、なんとかその日のノルマをクリアし、食卓についてビールのグラスを上げ、「仕事のあとのビールは格別においしいねえ！」と歓喜の声を発した直後、「明日が『婦人公論』の締め切りか」と思い出し、再び心があたふたし始める。

その上、原稿がけなされたり対談が面白くなかったという批判の声を耳にしたりした途端、「どうせ！」とふてて布団に入る。もう書かないぞ、インタビュー仕事は辞めるぞ。そのくせちょっと褒められるとたちまち機嫌を直す。あら、私、上手だった？　と図に乗って、また明日への戦いに挑むのだ。素行のみならず、気分も上がったり下がったり、とっ散らかってばかりの毎日である。

人間とは、なにゆえこうも面倒なのだろう。人間じゃなくて私ですけどね。もっと落ち着いた女になりたい。長年そう願っているのだが、なったためしがない。なったためしのないまま、とうとう高齢者の仲間入りをした。

今日また、親しい友を失った。同い年だった。もう会えない。彼の奏でる粋な音色を二度と耳にすることはできない。寂しいと思いつつ、バルコニーに出ると、秋の太陽に向かって越年シクラメンの葉が枝を伸ばしている。今年も花をつけてくれる？　訊ねても返事はない。無言のシクラメンに水をやる。心のブッ散らかりを収めるために。

本書をまとめるにあたり、『婦人公論』連載担当者の﨑山綾子さん、書籍編集部の藤平歩さん、そしてブッ散らかった私の文章を、お洒落な絵で見事に飾ってくださったマルーさんに、心から謝意を表します。

二〇一八年　秋晴れの日に

阿川佐和子

文庫版あとがき

本書は、二〇一六年一月からほぼ二年にわたり、『婦人公論』に連載したエッセイ四十二編を単行本に収録して上梓したのち、このたび文庫という可愛らしい大きさで新装開店した次第である。ありがたやありがたや。

ということはすなわち、ここに書かれた日々のとっ散らかりぶりは、今からだいたい四、五年前のできごとだ。ということはつまり、全世界的コロナ騒動など想像もしていなかった頃の話である。

そうだったなあ。と、筆者である私も読み返して小さな感慨を覚えた。父の葬儀話から始まって、私事の人生エポック、新たな仕事環境での発見、部屋が片付かないという相変わらず問題、老化現象の鬱々など、嘆いたり呆れたり笑ったり走ったりの日々であったと思われるけれど、いずれを思い返しても、とりあえず好き放題に動き回れる中でのささいな事件や感慨ばかりであった。

この二年の間に状況は一変した。それまで当然と思っていたことや、さして気にも留めていなかったことなどを意識せざるを得ない機会が増えた。当たり前にできていたことができなくなり、人との距離が遠くなり、移動の自由を制限され、肉体的にも精神的にもこわばる日々が続いた。

しかし反面において、それが不幸でしかたなかったとは思えない。つらいことだらけと感じてしまう状況のなかにも、必ず笑える瞬間はある。ありがたいと感謝したくなるような光景はいつも存在している。

もしかして、そういうふうに思考を明るい方向へ転換させようとするのは、人間が本来持っている自衛本能のなせる技かもしれない。悲しみにくれようとする肉体と精神に、軽くブレーキをかけてどん底へ落ちないようにする。ときどき身体の奥底から声がするのだ。泣きたい気持はよくわかるけど、たっぷり泣いたあと、ほら、見てごらんよ、こんな可笑しいこともあるじゃない。つらい目に遭わなければ、味わうことのできなかった喜びに違いないよと。

そう思わせてくれるのは、ときに友達だったり家族だったりすることもある。しかしおそらく自分で気づくことのほうが圧倒的に多いだろう。他人にどれほど諭されても、自分自身がそれを心の底から受け入れなければ、気づいたうちには入らない。

今回のコロナ騒動において私が被った不自由は、接客業に就く人々の苦しみや、限りある年月を奪われた子どもたちの悲しみに比べたら、屁でもないほどチッコイものにすぎなかった。たしかに、目の前のちょっとした仕草や気配をも味方につけて行いたいインタビューの仕事は、リモート画面やアクリル板によって遮断され、もどかしい思いを何度もしたし、地方や海外を訪れる仕事は延期や中止を強いられた。それでも私には、家でパソコンに向かってキーボードを叩く仕事は残された。いや、むしろ書く時間は以前より増えたといっていい。移動する仕事が減った分、文章にゆっくり対峙するゆとりができた。

ゆとりといえば、家でご飯を作る回数が増え、おかげでそれまでめったに作ることのなかったレシピに挑戦するチャンスとなった。朝、起きてご飯の支度をし、朝食を済ませてしばらく書斎で原稿に向かったと思ったら、すぐ昼ご飯の時間になり、軽く麺類や前日の残り物でごまかして、後片付けをするとまもなく夜の献立を考えなければならない時間が訪れる。専業主婦はこれほどに三度三度のご飯に追われて生きているのかと再認識したものだ。

食事時間に準じて、あらゆる一日の動きが規則的になった。朝、起きて植物に水をやる。正午にテレビでニュースを見る。夕方五時頃から夕食の支度を始めると同時にテレビをつけ、いつものチャンネルに合わせる。

「あら、もう一週間、経ったんだねえ」

前の週と同じ番組のテーマソングを聞くたびに同じ発言をする。毎日、毎週、毎月が、同じことの繰り返し。これほど繰り返し生活を続けたことが未だかつて私の人生にあっただろうかと思う。夕食を済ませ、後片付けをするとまもなく眠くなる。

「ま、明日もなんの締め切りも出かける予定もないから、パソコンを切って、そろそろ寝ましょうか」

本文庫を読み返してみると、コロナ以前はなんと慌ただしい生活をしていたかと思う。それはそれで変化に富み、新鮮な発見に満ちていたとは思うけれど、確実にノンビリとはほど遠かった。

コロナは我々に悲劇をもたらせたが、同時に、ゆっくり構えることの大切さを教えてくれた気もする。スピードと便宜ばかりを追い求めてきた我々は、立ち止まる勇気を頭だけでなく、身体全体で奮い起こすべきときが来ているのかもしれない。

二〇二一年　秋　しばしのコロナ収束期にて

阿川佐和子

本書には『婦人公論』に「見上げれば三日月」のタイトルで連載されたエッセイのうち、二〇一六年一月二六日号～二〇一八年四月一〇日号掲載分から四二編を選んで収録しました。

『いい女、ふだんブッ散らかしており』二〇一九年一月　中央公論新社刊

中公文庫

いい女（おんな）、ふだんブッ散（ち）らかしており

2022年1月25日　初版発行
2023年6月30日　3刷発行

著　者　阿川佐和子（あがわさわこ）

発行者　安部順一

発行所　中央公論新社
〒100-8152　東京都千代田区大手町1-7-1
電話　販売 03-5299-1730　編集 03-5299-1890
URL https://www.chuko.co.jp/

DTP　平面惑星
印　刷　大日本印刷
製　本　大日本印刷

Published by CHUOKORON-SHINSHA, INC.
Printed in Japan　ISBN978-4-12-207162-9 C1195

中公文庫既刊より

各書目の下段の数字はISBNコードです。978－4－12が省略してあります。

あ-60-1
トゲトゲの気持
阿川佐和子

襲いくる加齢現象を嘆き、世の不条理に物申し、女友達と笑って泣いて、時には深ーく自己反省。アガワの真実は女の本音。笑いジワ必至の痛快エッセイ。

204760-0

あ-60-2
空耳アワワ
阿川佐和子

喜喜怒楽楽、ときどき哀。オンナの現実胸に秘め、懲りないアガワが今日も行く！　読めば吹き出す痛快無比の「ごめんあそばせ」エッセイ。

205003-7

あ-60-4
老人初心者の覚悟
阿川佐和子

老化とは順応することである！　六十五歳、「高齢者」の仲間入りをしてからの踏んだり蹴ったりを、ときに強気に、ときに弱気に綴る、必笑エッセイ第二弾。

207317-3

あ-13-4
お早く御乗車ねがいます
阿川　弘之

にせ車掌体験記、日米汽車くらべなど、日本のみならず世界中の鉄道に詳しい著者が昭和三三年に刊行した鉄道エッセイ集が初の文庫化。〈解説〉関川夏央

205537-7

あ-13-5
空旅・船旅・汽車の旅
阿川　弘之

鉄道のみならず、自動車・飛行機・船と、乗り物全般に並々ならぬ好奇心を燃やす著者。高度成長期前夜の交通文化が生き生きとした筆致で甦る。〈解説〉関川夏央

206053-1

あ-13-6
食味風々録
阿川　弘之

生まれて初めて食べたチーズ、向田邦子との美味談義、海軍時代の食事話など、多彩な料理と交友を綴る、自叙伝的食随筆。〈巻末対談〉阿川佐和子〈解説〉奥本大三郎

206156-9

あ-13-8
完全版　南蛮阿房列車（上）
阿川　弘之

北杜夫ら珍友・奇人を道連れに、異国の鉄道を乗りまくる。ユーモアと臨場感が満載の鉄道紀行。上巻は「欧州畸人特急」から「最終オリエント急行」までの十篇。

206519-2

あ-13-9
完全版 南蛮阿房列車(下)
阿川弘之
ただ汽車に乗るためだけに、世界の隅々まで出かけた紀行文学の名作。下巻は「カンガルー阿房列車」から「ピラミッド阿房列車」までの十篇。〈解説〉関川夏央
206520-8

あ-13-10
海軍こぼれ話
阿川弘之
自ら海軍に進んだ著者が、提督三部作や『軍艦長門の生涯』には書けなかった海軍を綴る人間味溢れるエッセイ五〇篇。講演録「日本海軍の伝統と気風」を増補。
207361-6

あ-58-6
銀婚式物語
新井素子
『結婚物語』から25年。陽子さんが回想する、猫のこと、家のこと、そして得られなかった子どものこと……。ほろ苦さを交えつつも、結婚生活の楽しさを綴る長篇。
206027-2

あ-58-7
ダイエット物語……ただし猫
新井素子
夫・正彦さんと愛猫。二人のダイエットに奮闘する陽子さんを描く表題作他二篇、文庫オリジナル「リバウンド物語」、夫婦対談「素子さんの野望」を付す。
206763-9

あ-58-8
素子の碁 サルスベリがとまらない
新井素子
四十歳を過ぎて夫婦で始めた囲碁。定石や難解な用語に悩みつつ、少しずつ上達してゆく喜びを綴るエッセイ。巻末に「祝還暦! 夫婦対談」を付す。
206970-1

い-110-1
良いおっぱい悪いおっぱい〔完全版〕
伊藤比呂美
一世を風靡したあの作品に、3人の子を産み育て、25年分の人生経験を積んでパワーアップした伊藤比呂美が大幅加筆!「やっと私の原点であると言い切ることができます」
205355-7

い-110-2
なにたべた? 伊藤比呂美+枝元なほみ往復書簡
伊藤比呂美
枝元なほみ
詩人は二つの家庭を抱え、料理研究家は二人の男の間で揺れながら、どこへ行っても料理をつくっていた。二十年来の親友が交わす、おいしい往復書簡。
205431-8

い-110-4
閉経記
伊藤比呂美
更年期の女性たちは戦っている。老いる体、減らない体重、親の介護、夫の偏屈と。ホルモン補充療法に挑戦、ラテン系エクササイズに熱中する日々を、無頼かつ軽妙に語るエッセイ集。
206419-5

各書目の下段の数字はISBNコードです。978-4-12が省略してあります。

い-110-5
ウマし
伊藤比呂美
食の記憶（父の生卵）、異文化の味（ターキー）、偏愛の対象（スナック菓子、山椒）。執着し咀嚼して、胃の腑をゆさぶる本能の言葉。滋養満点の名エッセイ。
207041-7

い-110-6
たそがれてゆく子さん
伊藤比呂美
男が一人、老いて死んでいくのを看取るのは、ほんとうによかった——。夫の介護に始まる日々。書くことで生き抜いてきた詩人の眼前に、今、広がる光景は。
207135-3

い-116-1
食べごしらえ おままごと
石牟礼道子
父がつくったぶえんずし、獅子舞にさしだした鯛の身。土地に根ざした食と四季について、記憶を自在に行き来しながら多彩なことばでつづる。〈解説〉池澤夏樹
205699-2

い-139-1
朝のあかり 石垣りんエッセイ集
石垣りん
働きながら続けた詩作、五十歳で手に入れたひとり暮らし。「表札」などで知られる詩人の凛とした生き方が浮かぶ文庫オリジナルエッセイ集。〈解説〉梯久美子
207318-0

か-86-1
老後の資金がありません
垣谷美雨
老後は安泰のはずだったのに！　家族の結婚、葬儀、失職……ふりかかる金難に篤子の奮闘は報われるのか？　〝フツーの主婦〟が頑張る家計応援小説。
206557-4

か-86-2
夫の墓には入りません
垣谷美雨
ある晩、夫が急死。これで〝嫁卒業〟と思いきや、介護・墓問題・夫の愛人に悩まされる日々が始まった。救世主は姻族関係終了届⁉　心励ます人生逆転小説。
206687-8

き-30-15
エッセイの書き方 読んでもらえる文章のコツ
岸本葉子
エッセイ道30年の人気作家が、スマホ時代の文章術を大公開。起承転結の転に機転を利かし自分の「えーっ」を読み手の「へえーっ」に換える極意とは？
206623-6

き-30-16
二人の親を見送って
岸本葉子
老いの途上で、親の死は必ず訪れる。介護や看取りを経て、カラダとココロの構えは変わる。生と死や人と自然のつながりを優しくみつめ直す感動のエッセイ。
206706-6

き-30-17
捨てきらなくてもいいじゃない？　岸本葉子
思い切ってモノ減らし！でも捨てられない？心と体の変化によりモノに向き合い、ポスト・ミニマリズムの立場から持ちつつも小さく暮らせるスタイルを提案。
206797-4

き-30-18
生と死をめぐる断想　岸本葉子
がんから生還したエッセイストが、治療や瞑想の経験や仏教・神道・心理学を渉猟、生老病死や時間と存在について辿り着いた境地を語る。
206973-2

き-30-19
50代からしたくなるコト、なくていいモノ　岸本葉子
両親を見送り、少しのゆとりを手に入れた一方で、無理はきかないのが五〇代。自分らしく柔軟に年を重ねるヒント満載の、シニアへ向かう世代を応援するエッセイ。
207043-1

き-30-20
楽しみ上手は老い上手　岸本葉子
心や体の変化にとまどいつつも、今からできることをみつけたい。時間と気持ちにゆとりができたなら、新たな出会いや意外な発見？　期待も高まります！
207198-8

く-16-9
愛して生きて　宇野千代伝　工藤美代子
尾崎士郎、梶井基次郎、東郷青児……。文豪、画家たちと恋した女流作家・宇野千代。艶やかなる官能の日々を辿る話題騒然のドキュメンタリー・ノベル！
206831-5

さ-44-2
嘘ばっか　新釈・世界おとぎ話　佐野洋子
野心的なシンデレラ、不美人な白雪姫……ユーモアと毒のきいた、二十六篇のおとぎ話パロディ。全話に挿絵つき。〈巻末エッセイ〉岸田今日子・村田沙耶香
206974-9

さ-61-1
わたしの献立日記　沢村貞子
女優業がどんなに忙しいときも台所に立ちつづけた著者が、日々の食卓の参考にとつけはじめた献立日記。工夫と知恵、こだわりにあふれた料理用虎の巻。〈解説〉平松洋子
205690-9

さ-82-1
初女お母さんの愛の贈りもの　おむすびに祈りをこめて　佐藤初女
心とからだを一歩前に出すために——。心をこめておむすびを握り、悩める人を見守り続けた初女さんの料理と心遣いが伝わるエッセイ。〈解説〉若松英輔
207003-5

各書目の下段の数字はISBNコードです。978-4-12が省略してあります。

し-56-1
これでもいいのだ
ジェーン・スー
思ってた未来とは違うけど、これはこれで、いい感じ。「私の私による私のためのオバさん宣言」ほか、全力パワーチャージエッセイ六十六篇。〈解説〉宇垣美里
207306-7

す-24-1
本に読まれて
須賀敦子
バロウズ、タブッキ、ブローデル、ヴェイユ、池澤夏樹……。こよなく本を愛した著者の、読む歓びが波のようにおしよせる情感豊かな読書日記。
203926-1

た-15-10
富士日記（上）新版
武田百合子
夫・武田泰淳と過ごした富士山麓での十三年間を克明に描いた日記文学の白眉。昭和三十九年七月から四十一年九月分を収録。〈巻末エッセイ〉大岡昇平
206737-0

た-15-11
富士日記（中）新版
武田百合子
愛犬の死、湖上花火、大岡昇平夫妻との交流。昭和四十一年十月から四十四年六月の日記を収録する。田村俊子賞受賞作。〈巻末エッセイ〉しまおまほ
206746-2

た-15-12
富士日記（下）新版
武田百合子
季節のうつろい、そして夫の病。山荘でともに過ごした最後の日々を綴る。昭和四十四年七月から五十一年九月までを収めた最終巻。〈巻末エッセイ〉武田花
206754-7

た-15-5
日日雑記
武田百合子
天性の無垢な芸術者が、身辺の出来事や日日の想いを、時には繊細な感性で、時には大胆な発想で、心の赴くままに綴ったエッセイ集。〈解説〉巖谷國士
202796-1

た-15-9
新版 犬が星見た ロシア旅行
武田百合子
夫・武田泰淳とその友人、竹内好との旅を、天真爛漫な目で綴った旅行記。読売文学賞受賞作。竹内好の随筆「交友四十年」を収録した新版。〈解説〉阿部公彦
206651-9

た-46-9
いいもの見つけた
高峰秀子
歯ブラシ、鼻毛切りから骨壺まで。高峰秀子が選び抜いた身近な逸品。徹底した美意識と生活の知恵が生きた、豊かな暮らしをエンジョイするための本。カラー版。
206181-1

た-93-1
檀流クッキング入門日記　檀　晴子
若くして、檀一雄の長男と結婚し、義父から料理の面白さを学んだ著者による、『檀流クッキング』の舞台裏。そして檀流クッキングスクールの卒業レポート。
206920-6

な-27-1
チャイコフスキー・コンクール　ピアニストが聴く現代　中村紘子
世界的コンクールの舞台裏を描き、国際化時代のクラシック音楽の現状と未来を鮮やかに洞察する長篇エッセイ。大宅壮一賞受賞作。〈解説〉吉田秀和
201858-7

な-27-2
どこか古典派（クラシック）　中村紘子
世界中の「ピアニストの領分」を出たり入ったり。名ピアニストが言葉で奏でる、自由気ままなエッセイは、やっぱりどこか古典派。〈解説〉小林研一郎
204104-2

な-27-3
コンクールでお会いしましょう　名演に飽きた時代の原点　中村紘子
今なぜ世界中でクラシック音楽のピアノコンクールがさかんなのか。その百年にわたる光と影を語って、クラシック音楽の感動の原点を探る。〈解説〉苅部　直
204774-7

な-27-4
ピアニストという蛮族がいる　中村紘子
ホロヴィッツ、ラフマニノフら、巨匠たちの天才ぶりを軽妙に綴り、幸田延、久野久の悲劇的な半生が感動を呼ぶ、文藝春秋読者賞受賞作。〈解説〉向井　敏
205242-0

な-27-5
アルゼンチンまでもぐりたい　中村紘子
著者ならではの、鋭い文明批評と、地球の裏側まで、穴があったら入りたいほどの失敗談。音楽の周囲に集まるとっておきのエピソード。〈解説〉檀　ふみ
205331-1

ひ-9-2
ド・レミの子守歌　平野レミ
できた！　産まれた！　さあ子育てのはじまり！　レミさんが新品のママになった時のことを明るく語る。みんなを幸せにするレミさんの魔法がいっぱいの本。
205812-5

ひ-26-1
買物71番勝負　平松洋子
この買物、はたしてアタリかハズレか。一つ一つの買物は一期一会の真剣勝負だ。キャミソールから浄水ポットまで、買物名人のバッグの中身は？〈解説〉有吉玉青
204839-3

各書目の下段の数字はＩＳＢＮコードです。978－4－12が省略してあります。

よ-36-1 **真夜中の太陽** 米原 万里
リストラ、医療ミス、警察の不祥事……日本の行詰った状況を、ウイット溢れる語り口で浮き彫りにし今後のあり方を問いかける時事エッセイ集。〈解説〉佐高 信
204407-4

よ-36-2 **真昼の星空** 米原 万里
外国人に吉永小百合はブスに見える？ 日本人没個性説に異議あり！「現実」のもう一つの姿を見据えた激辛エッセイ、またもや爆裂。〈解説〉小森陽一ほか
204470-8

よ-36-3 **他諺（たげん）の空似（そらに） ことわざ人類学** 米原 万里
古今東西、諺の裏に真理あり。世界中の諺を駆使しながら、持ち前の毒舌で現代社会・政治情勢を斬る。知的風刺の効いた名エッセイストの遺作。〈解説〉酒井啓子
206257-3

よ-57-1 **一人暮らしをたのしんで生きる** 吉沢 久子
歳を重ねてこそ得られる、豊かな人生のための知恵と工夫とは。一人暮らしをたのしむためのお手本が満載。九十八歳。話題のロングセラー待望の文庫化！
206269-6

よ-57-2 **今日を悔いなく幸せに** 吉沢 久子
一〇〇歳になりました。日々の暮らしのなかに見つける小さな喜び、四季を楽しむ食の工夫……老後の人生を幸せに生きるためのちょっとした知恵を伝授します。
206535-2

よ-57-3 **１０１歳。ひとり暮らしの心得** 吉沢 久子
毎日の小さな喜びを大切に、前向きに悔いの残らない時間を過ごす——。１０１歳で大往生された吉沢久子さんが教えてくれた、幸せな暮らしかたの秘訣とは？
206774-5

よ-57-4 **さっぱりと欲ばらず** 吉沢 久子
自分に正直に生きることが、人生を幸せに過ごす秘訣です。人は人、自分は自分。１０１歳で大往生した吉沢さんの人生の知恵が満載！〈解説〉谷川俊太郎
207038-7

よ-57-5 **１００歳の１００の知恵** 吉沢 久子
１０１歳で大往生した吉沢久子さんの古くて新しい暮らしの知恵１００。心があたたかくなる暮らしのヒントが詰まっています。前向きな人生になるエッセイ集。
207104-9